U0015107

深夜食堂

シンヤショクドウ

21

安倍夜郎

花ちゃん
NG
レカン

菜單

午夜0時

第 282 夜◎雞肉番茄醬炒飯

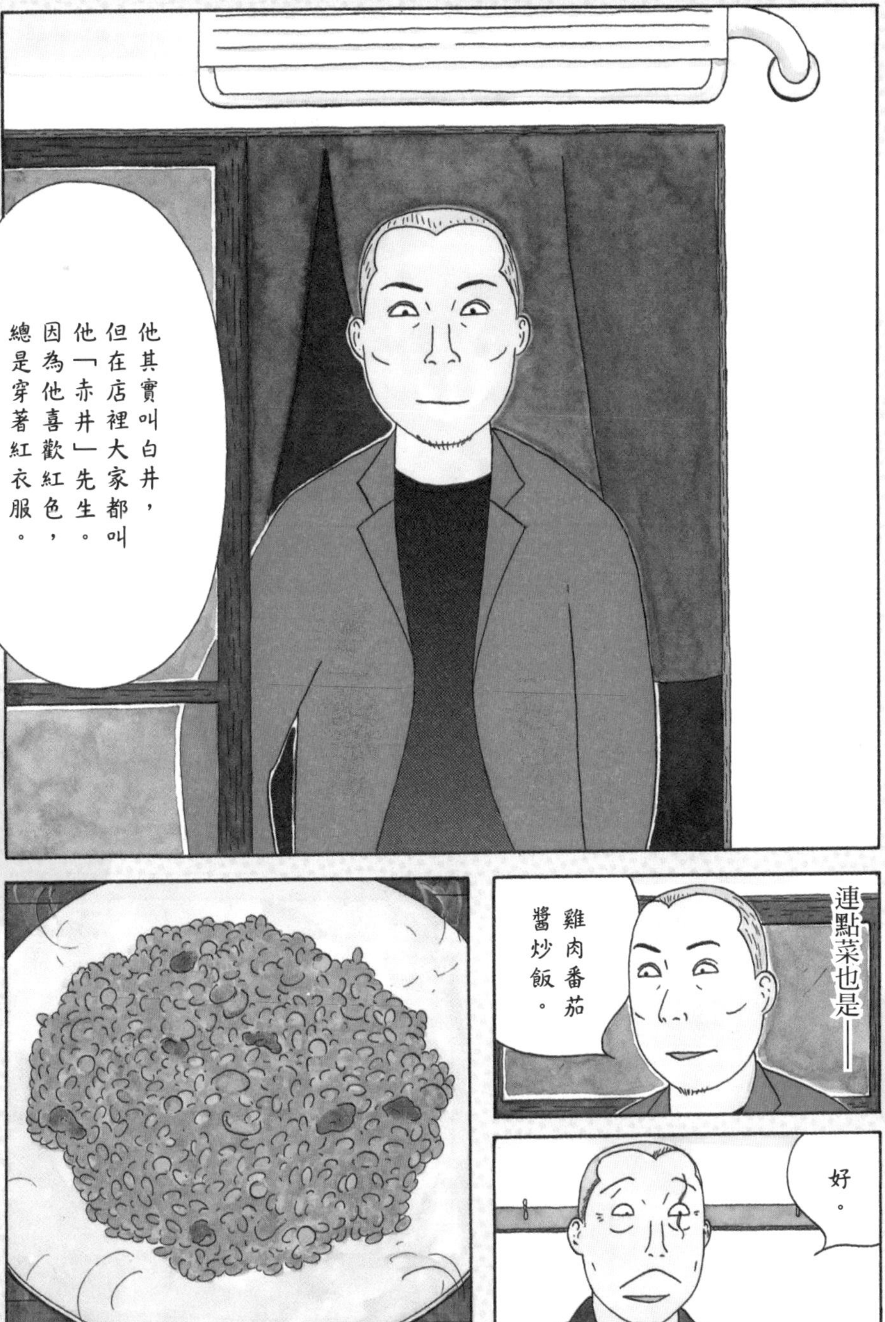
他其實叫白井，但在店裡大家都叫他「赤井」先生。因為他喜歡紅色，總是穿著紅衣服。
連點菜也是——
雞肉番茄醬炒飯。
好。

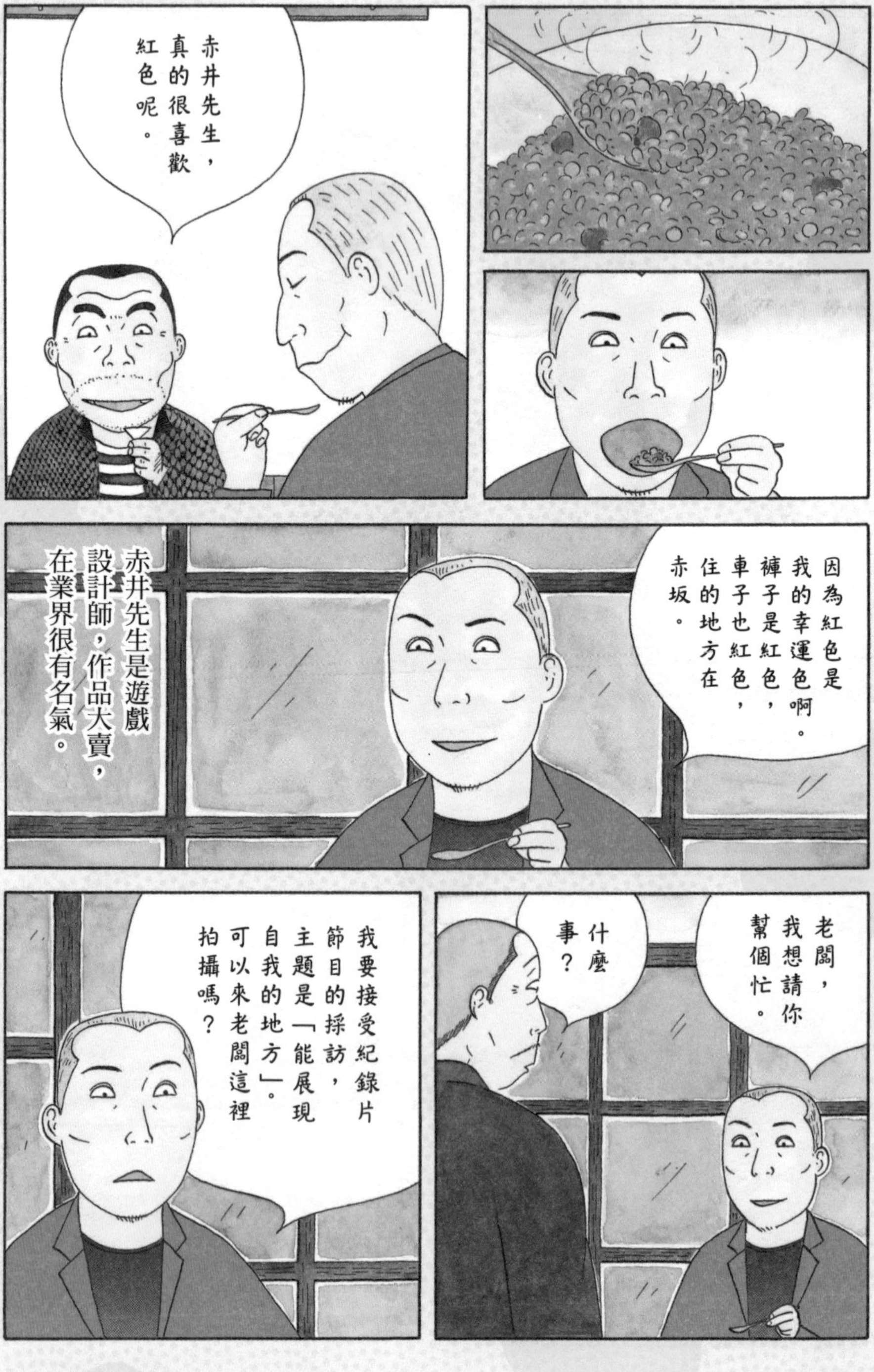
赤井先生，真的很喜歡紅色呢。
因為紅色是我的幸運色啊。褲子是紅色，車子也紅色，住的地方在赤坂。
赤井先生是遊戲設計師，作品大賣，在業界很有名氣。
老闆，我想請你幫個忙。
什麼事？
我要接受紀錄片節目的採訪，主題是「能展現自我的地方」。可以來老闆這裡拍攝嗎？

那個節目是《熱情大河》嗎？
是的。
赤井先生都開口了，我當然不能拒絕啦。
在店裡拍攝的節目一個月後播出了。
遊戲設計師
白井幸一郎
暢銷遊戲大作《RED戰記》的開發者白井幸一郎。在這家店裡大家都叫他「赤井先生」。
他總是點雞肉番茄醬炒飯。
白井在孤兒院長大。他在大約四歲的時候，被母親留在遊樂園裡。
我從小就喜歡紅色。那些戰隊卡通站在正中央的不也都穿紅色嗎?!

被發現的時候，白井身上穿著紅色帽T。
現在想起來，媽媽可能故意讓我穿紅色，比較容易被發現吧。
唔，赤井先生也吃過不少苦啊。
嗯……但現在已經是億萬富翁啦！做遊戲壓對寶了，真是厲害啊。
他的母親現在在做什麼呢？
五天後——
節目我看了，很棒啊。
觀眾反應非常好，嚇了我一跳呢。

有人聯絡了電視台……說是我媽媽。
這樣啊！
自稱媽媽的就有三個人，說是我親戚的有八個人。
搞什麼啊這是?!
因為赤井先生有錢了嘛，大家都想來揩點油啊。
或許是這樣吧。親戚就不管了，但自稱媽媽的，我都想見一下。
我想看看她會用什麼表情跟我說些什麼話。
……
老闆，我要雞肉番茄炒飯。

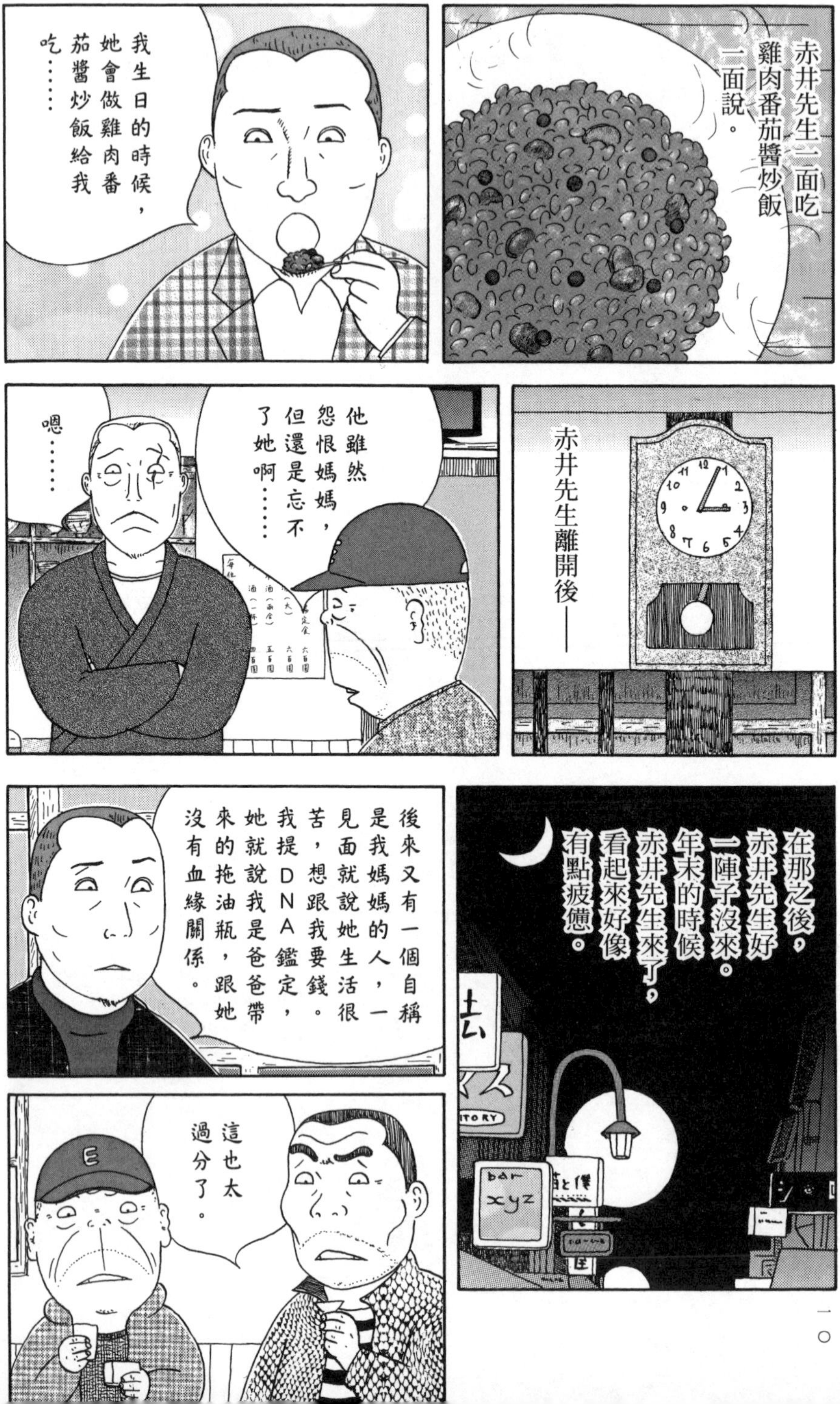
赤井先生一面吃雞肉番茄醬炒飯一面說。
我生日的時候，她會做雞肉番茄醬炒飯給我吃……
赤井先生離開後——
他雖然怨恨媽媽，但還是忘不了她啊……
嗯……
在那之後，赤井先生好一陣子沒來。年末的時候赤井先生來了，看起來好像有點疲憊。
後來又有一個自稱是我媽媽的人，一見面就說她生活很苦，想跟我要錢。我提DNA鑑定，她就說我是爸爸帶來的拖油瓶，跟她沒有血緣關係。
這也太過分了。
bar xyz

其實……
我正要開口的時候——
喀啦
最近兩三天常來的女士走進來了。一看見赤井先生，她就——
阿幸?! 你是阿幸吧！
?!
長這麼大了……
……

我看了電視，本來想立刻來找你，但你現在沒義務見我……
後來隔壁的媽媽桑跟我說了這家店，我心想到這裡來，搞不好能碰到你。
啊，我現在在新大久保開小酒館。
對不起……真的很對不起。爸爸死了以後，人家不承認我們，得不到遺產，我又得了憂鬱症……
真的沒辦法……
後來我去了仙台、盛岡、北海道……回到東京之後，認識了現在的老公，九年前開了小酒館……
但過沒多久我老公就被裁員，又生了病……
對不起，我光顧著說自己的事情。

我一直很掛念阿幸。但是實在是連自己都顧不來……
說來說去都是藉口。
快滾！我不想再見到妳!!
……
……說的也是，對不起。
我這就走。你至少收下這個吧。
阿幸。
赤井先生不予理會，但這位女士把紙袋硬塞給他，然後就離開了。

那位女士離開後，
赤井先生一直垂頭喪氣。
她留下的紙袋裡裝著……
紅色的毛衣跟一張
卡片，上面寫著：
「阿幸，生日快樂。」
日期是赤井先生
沒有公開過的真實生日。
赤井先生好像確信
她就是媽媽了。
她說在新大久保開小酒館吧。
嗯，去找一下應該可以找到？
一月底時，在新宿街頭，
平本館
我看見赤井先生了。
赤井先生
總是穿著紅色衣服，
是一直在等媽媽找
到他的那一天吧。

第283夜◎楤芽天婦羅
今年冬天下了很多雪，天氣很冷，但現在感覺春天就快到了。超市已經擺出春季蔬菜了。店裡每到三月，一定會推出楤芽天婦羅這道菜。
春天到了啊……
喀
滋

款冬、楤芽、油菜花、春筍、新馬鈴薯、春甘藍。春天好吃的東西真多！
妳跟真由美說的一樣啊。
這麼說來，麻里鈴最近是不是胖了一點啊？
果然胖了嗎?!是啊，得小心一點才行。
妳男朋友小幹今天怎麼沒來？
他有一陣子沒回老家了，說要待一陣子再回來。
他回岩手去參加朋友的婚禮。
喀啦
歡迎光臨。

他站在黃金街的地圖看板前發呆，我就把他帶來了。這是艾利克，從瑞典來的。
最近外國人變多了。
哈，好帥喔。
麻里鈴?!
怎麼，麻里鈴妳認識他啊？
?!
不認識。
你怎麼會知道麻里鈴？

我不知道他聽不聽得懂我說的話，但他從口袋裡掏出這張照片。
這是去年他朋友來日本，在花園新藝術（脫衣舞劇場）拍的拍立得照片。
看了照片，大老遠從瑞典跑來見麻里鈴啊。辛苦了。
不在新藝術。
對不起，現在我在池袋的劇場表演了。
池袋？
麻里鈴會說英文，翻譯了之後，艾利克非常高興。接著就是比手畫腳的熱鬧國際交流。
我明天要去，帶你一起吧？

來，笑一個～
喀嚓
第二天——
めし
今天去了嗎？
嗯，十點半在池袋集合。早場打折。
艾利克很感動呢。

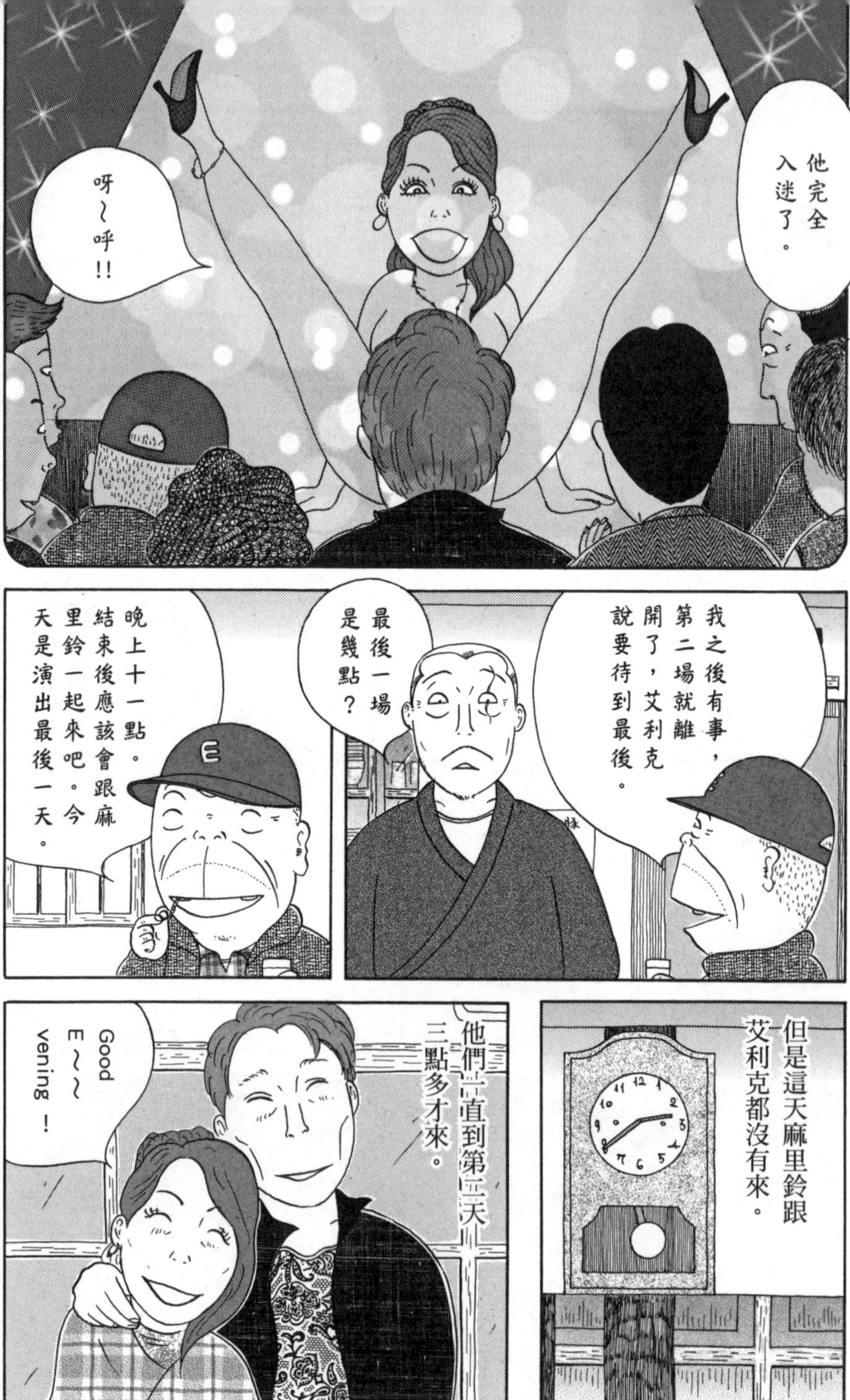
他完全入迷了。
呀～呼!!
我之後有事，第二場就離開了，艾利克說要待到最後。
最後一場是幾點？
晚上十一點。結束後應該會跟麻里鈴一起來吧。今天是演出最後一天。
但是這天麻里鈴跟艾利克都沒有來。
他們一直到第三天三點多才來。
Good E～～vening！

呼呼。
啊～
I love you，麻里鈴。
Love you, too。
……

親親熱熱的兩個人離開後——
他們好上了呢。沒問題嗎……
麻里鈴自從有了男友小幹以後，就很安分了。但她以前可是超肉食系，不斷談戀愛的女人啊。
三天後——
艾利克呢？
回瑞典了。我送他去機場，真是累死啦。
麻里鈴，我不想走！
?!

艾利克……
我雖然喜歡日本料理，
但有時候外國菜也不錯吃呢。嘻嘻。
♪
是小幹……
車禍?!沒事吧？
回到岩手的小幹開車被撞受傷了。雖然傷勢不嚴重，但要休養兩三天，看看狀況再回來。麻里鈴臉色蒼白，說要搭頭班新幹線去盛岡，就走了。

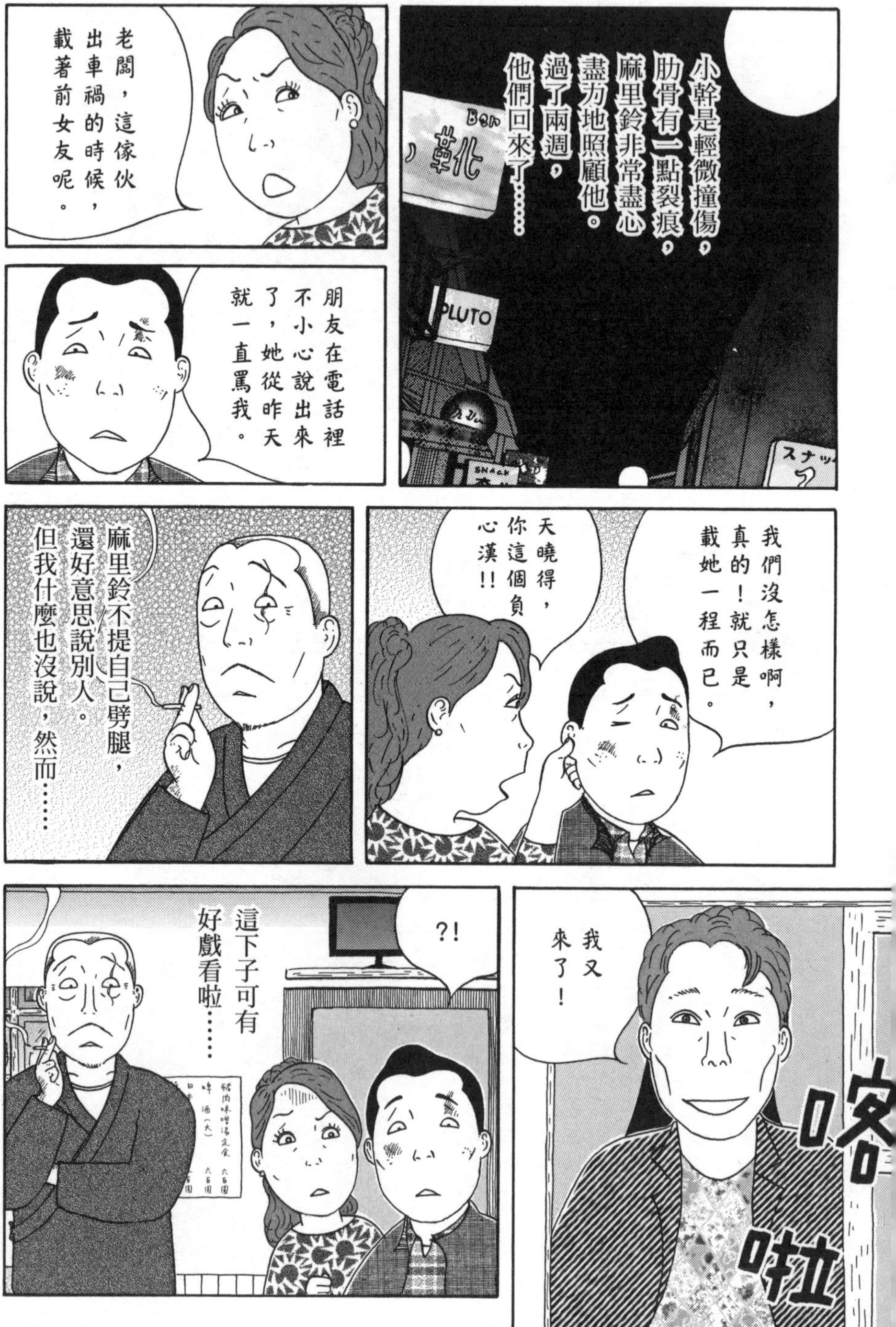
小幹是輕微撞傷，
肋骨有一點裂痕，
麻里鈴非常盡心
盡力地照顧他。
過了兩週，
他們回來了……
Bar
PLUTO
SNACK
スナッ
老闆，這傢伙
出車禍的時候，
載著前女友呢。
朋友在電話裡
不小心說出來
了，她從昨天
就一直罵我。
我們沒怎樣啊，
真的！就只是
載她一程而已。
天曉得，
你這個負
心漢!!
麻里鈴不提自己劈腿，
還好意思說別人。
但我什麼也沒說，然而……
我又
來了！
喀
啦
?!
這下子可有
好戲看啦……

第284夜◎辣椒風味炒春甘藍
橄欖油、切碎的大蒜，加入小辣椒和少量鯷魚，鍋熱了之後放進春甘藍快炒。香穗點的是辣椒風味炒春甘藍義大利麵不加麵。
好吃！
這當小菜真好啊。
甘藍一直都很貴，之前沒怎麼吃到。
今年冬天很冷，甘藍菜跟白菜都很貴啊。

我因為想吃甘藍菜，所以一直去可以無限加點甘藍菜絲的炸豬排店。
那不是更花錢嗎？
因為甘藍菜很貴而變胖的人，只有達哉了吧。
真好。我就喜歡三上的這種地方。
藤田也說他變胖了。
他說胖了九百五十克，所以去健身房游泳了兩小時。
那個新來的帥哥？他哪裡有胖！

所有的女性員工包括契約工在內，大家都盯上了藤田呢。他是靜岡一家大公司的小開對吧？
董事的兒子吧。
他說過祖父是創辦人。雖然是靠關係進來的，但他既優秀又坦誠。我指導過很多後進，藤田是最優秀的。
又帥又坦誠的有錢小開?! 真想看一看，他跟三上誰比較好。
達哉很好，但是藤田也很不賴喔～
喂喂。
香穗跟三上是同一家公司的前輩晚輩，也是男女朋友。不過他們沒在公司公開彼此的關係。

めし
一週後——
對，連打招呼都不會啊。
最近的新人真是沒用。
稍微嚴肅地提醒一下，他們就說是職權騷擾。
最近的年輕人真是的。
喀啦
歡迎光臨。
老闆，這就是我上次提過的，新人藤田。
我是三上的部下藤田翔介，請多指教。
哎喲，請多指教。

盯——
……
你不用介意這幾位姊姊。
老闆，我要啤酒和沒有義大利麵的辣椒風味炒春甘藍。
我開動了。

藤田啊，那些女人的視線不會讓你發毛嗎？你到哪裡都被人盯著看。
我已經習慣了。我覺得三上先生比我帥多了啊。
謝謝。會這麼說的也只有香穗和你啦。
香穗?!
老闆，這個果然很好吃。
是嗎，那太好了。
下次我想自己做做看。重點跟做辣炒義大利麵一樣對吧？
對。
你會做菜啊？
嗯。我喜歡做菜。上星期做了烤牛肉呢。

哦，下次讓我吃吃看吧。
咦，真的嗎？可以啊。
兩人離開後——
好久沒有這麼養眼了。
真有那麼坦誠的孩子呢。
這種新人我願意手把手將一切都教他！
真是的，女人對帥哥就是沒抵抗力。週五香穗自己來的時候也說了。
今天偶然跟藤田搭同一部電梯，就我們兩個人。然後呢……

早川小姐，妳在公司有交往的人嗎？
咦?!這是秘密。嘻嘻。
秘密啊……
怎麼辦，藤田會不會跟我告白啊？
以前對比我小的男人都沒興趣的說……
三上先生今天去哪啦？
他去名古屋出差。不是一般的業務，所以就沒帶藤田，自己去了。
就在此時，香穗的手機響了。
右腳骨折?!

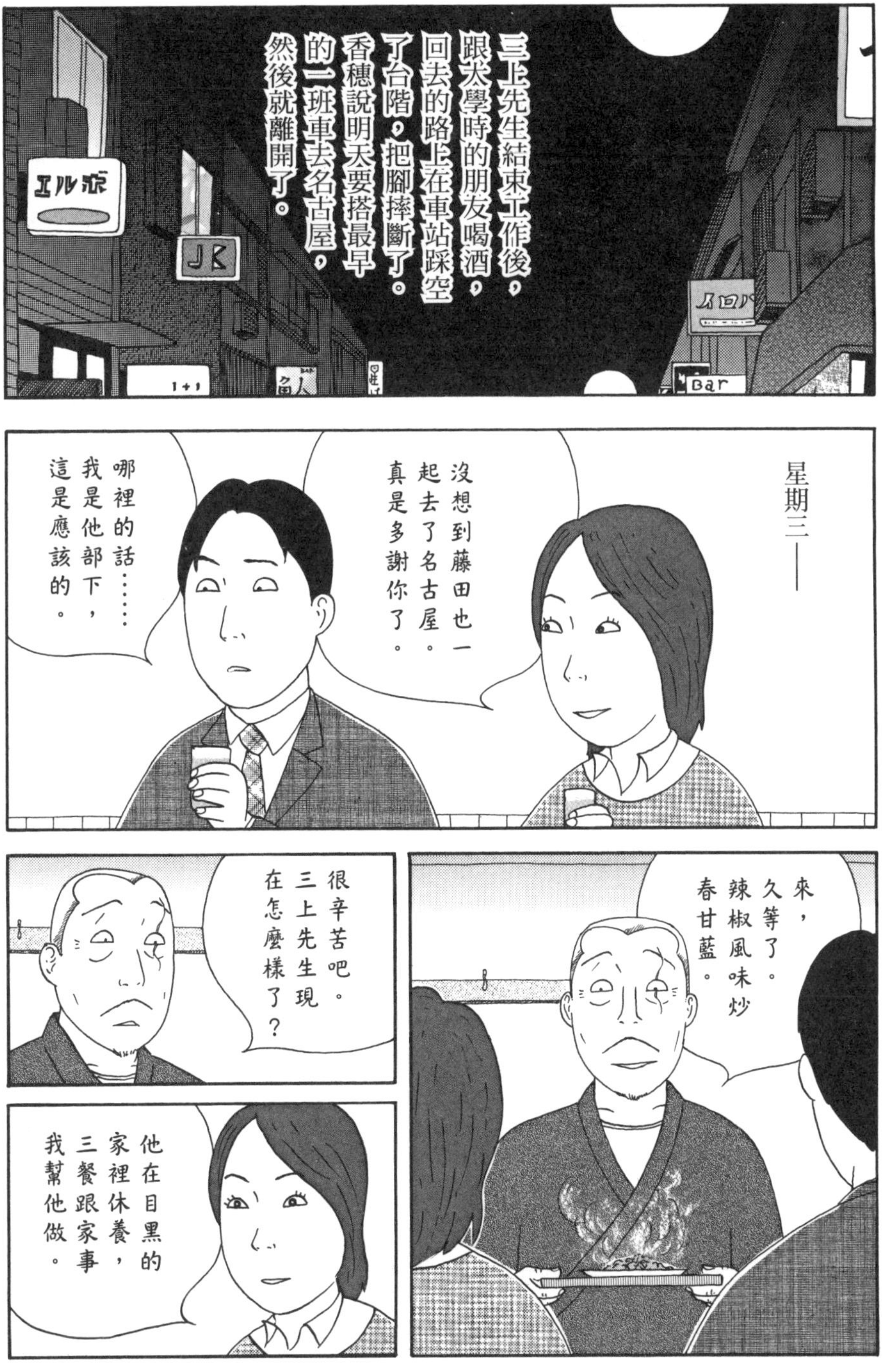

三上先生結束工作後，跟大學時的朋友喝酒，回去的路上在車站踩空了台階，把腳摔斷了。香穗說明天要搭最早的一班車去名古屋，然後就離開了。
JK
Bar
星期三——
沒想到藤田也一起去了名古屋。真是多謝你了。
哪裡的話……我是他部下，這是應該的。
來，久等了。辣椒風味炒春甘藍。
很辛苦吧。三上先生現在怎麼樣了？
他在目黑的家裡休養，三餐跟家事我幫他做。

香穗小姐要和三上先生結婚嗎？
嗯，反正在公司也瞞不住了。我們本來就打算結婚的。
恭喜你們。
對不起，藤田。來，一起吃吧。
三上先生回歸工作崗位後，藤田就辭職了。三上先生在家中休養時，他每天都去探病。藤田離職前，流著眼淚對三上先生說：「我喜歡你。」
這件事我沒法跟香穗說啊……

第285夜◎炸雞翅

最近很流行炸雞翅。
我常在街上看見，
就也在店裡做了。
好燙
怎麼樣？
嗯。
炸雞翅跟螃蟹一樣，
都能讓人沒空說話。

炸雞翅是不錯，但是吃起來好麻煩啊。手都黏黏的。
就是這樣才好啊。用牙齒把骨頭邊的肉啃下來時就會覺得：啊～我在吃肉啊，不是嗎?!
就是因為麻煩吃起來才更美味啊。
歡迎光臨。
喀啦
……
啊，有炸雞翅啊。
是的，要吃嗎？
嗯，四隻。

我開動了。
這是第一次來的客人。
嗯～!!
妳不吃嗎？
哎，這有點……
妳不喜歡雞肉嗎？
小霞不太會吃有骨頭的肉啦。
哼。
那天她沒有吃炸雞翅，只吃了馬鈴薯沙拉。

隔天——
めし
小霞不太會吃有骨頭的肉啦～～～
昨天那個女人真讓人火大。
哈哈，各種人都有啊。
我要十隻炸雞翅！
喀啦
?!
拉開

妳不是不會吃帶骨頭的肉嗎？
其實我最・喜・歡了！
那為什麼昨天說那種話？
因為人家不想在喜歡的男人面前露出牙齒啃肉啊。
這種事有什麼好在乎的！
當然要在乎啊。以前我專心啃雞翅，男朋友嫌棄，就把我甩了。
小霞是過氣寫真模特兒，年紀不小了，現在只想努力找個金龜婿，終於找到了昨天來的那個男人。

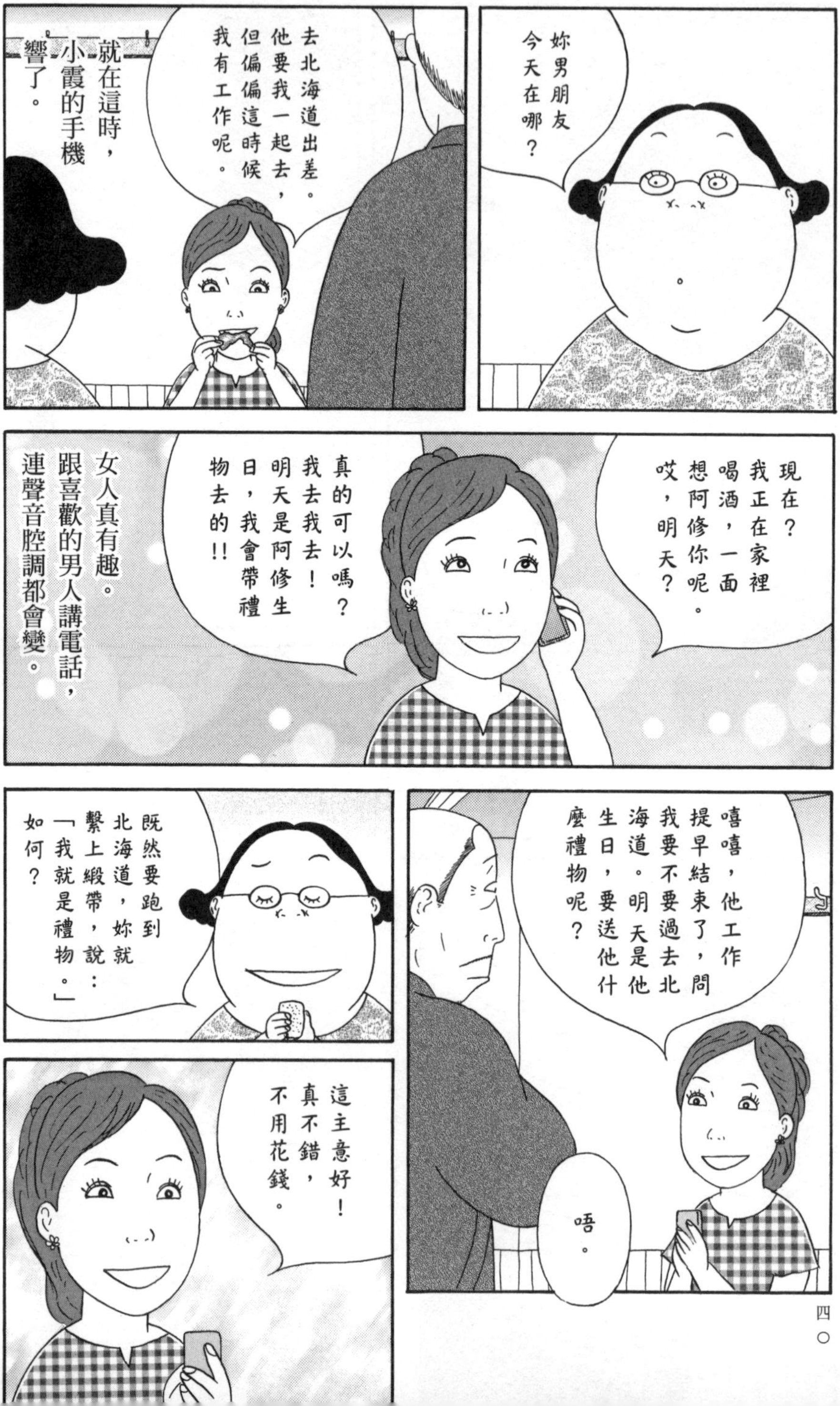
妳男朋友今天在哪？
去北海道出差。他要我一起去，但偏偏這時候我有工作呢。
就在這時，小霞的手機響了。
現在？我正在家裡喝酒，一面想阿修你呢。哎，明天？
真的可以嗎？我去我去！明天是阿修生日，我會帶禮物去的!!
女人真有趣。跟喜歡的男人講電話，連聲音腔調都會變。
嘻嘻，他工作提早結束了，問我要不要過去北海道。明天是他生日，要送他什麼禮物呢？
唔。
既然要跑到北海道，妳就繫上緞帶，說：「我就是禮物。」如何？
這主意好！真不錯，不用花錢。

小霞啃完十隻雞翅離開後——
這孩子真打算那麼做嗎？
會吧。
禮物作戰可能很成功吧。週末小霞非常高興地帶著北海道伴手禮「白色戀人」來店裡。在那之後，她偶爾會一個人來，點很多炸雞翅。這已經成為店裡的固定菜色了。
イロハ
SNACK
KOMICHI
十二隻炸雞翅。
六月底，小霞帶著同個經紀公司的同事們一起來了。
歡迎光臨。今天盛裝打扮啊。
我們去參加了經紀公司前輩的婚禮。

今天婚宴的菜色，是不是有點簡陋啊？
沒辦法，新郎是公務員啊。沒辦法跟麗莎小姐一樣啦。
果然棒球選手派頭大啊。
但是呢，棒球選手不知道什麼時候會解約變成自由球員啊。
對啊對啊，麗莎小姐回來工作，就是因為老公被球隊開除了吧？
就這點看來，公務員雖然生活安定，但是家庭主婦不是很辛苦嗎？
果然還是有錢人好啊。有沒有什麼IT公司社長之類的。
沒輒、沒輒。妳們這種人沒人會要啦。

對啊，非得是女主播或連續劇女主角才行。
別說這種沒夢想跟希望的話。那我們怎麼辦才好！
小霞，妳一直不說話，是已經有把握了吧？
因為我有有錢的男朋友啊。
咦，什麼啊?!
怎樣的人？幾歲？年收入多少？
企劃公司的社長喔。已經四十七了，但是看不出來。他品味好又帥。
喏，有沒有照片啊？讓我們看看啊!!
不行不行，現在我們還沒公開交往呢。
有炸雞翅嗎？
喀啦

……
?!
她男朋友編了奇怪的藉口離開後，小霞大哭特哭，其他三人好像就全明白了。在那之後，跟她男友一起來的年輕女星公開宣稱他們在交往，但她男友接連爆出私生子跟其他交往的女性，好一陣子成為綜藝節目的熱門話題，小霞從此就沒來店裡了。
過了將近一年，小霞帶著新男友一起來到店裡。
めし
哦，妳退出演藝圈，當起上班族啦?!
就是啊。能一起開懷大吃喜歡的東西，才是最好的啦。

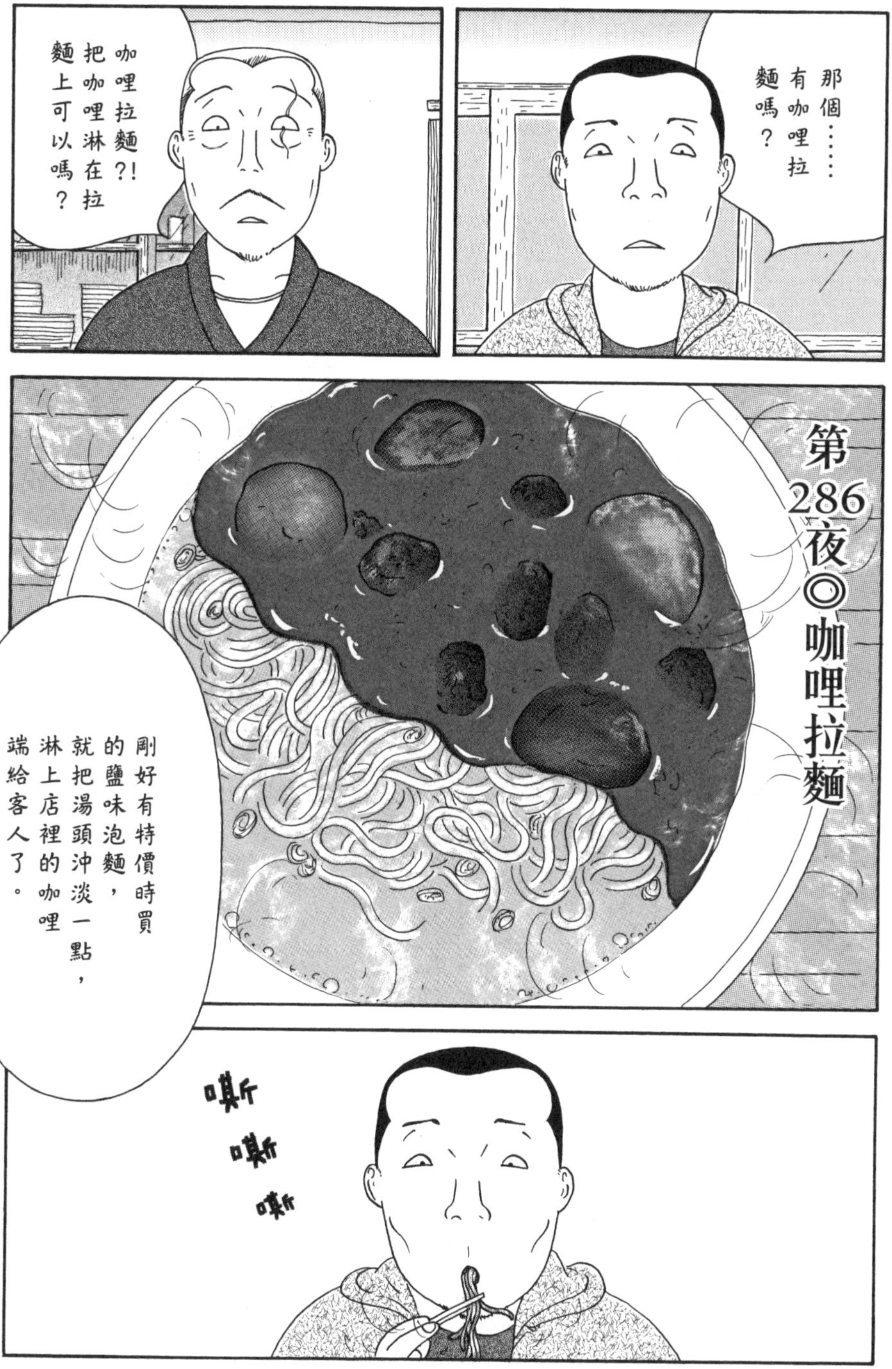
那個……有咖哩拉麵嗎？
咖哩拉麵?! 把咖哩淋在拉麵上可以嗎？
第286夜◎咖哩拉麵
剛好有特價時買的鹽味泡麵，就把湯頭沖淡一點，淋上店裡的咖哩端給客人了。
嘶
嘶
嘶

怎麼樣？
嗯，我就想吃這樣的。
嘶
嘶
嘶
這個人叫樺山，他在歌舞伎町的小酒館聽說有一家食堂能做客人想吃的東西，就到店裡來了。
不好意思，給我半碗白飯。
好。
這樣的話，一開始就分開點咖哩和拉麵不就好了嗎？
不，那樣有點不同。

スロット
パチンコ
P
入場抽籤——
天
就在剛剛截止了。
呿，什麼嘛！
啊……你是不是橘秀一同學？
你誰啊？!
我是樺山剛。我們是東中的同班同學。

樺山……啊啊，是笨山?!
嗯……橘同學還記得我啊。
你竟然能認出我。
中學畢業後，一次都沒見過啊。
我一眼就認出來了。橘同學是東中的超級明星嘛。是學生會長，又是足球隊隊長，非常受女生喜歡……
哼，那都是以前的事啦……
你去了一橋大學足球隊吧？沒想到今天會在小鋼珠店前碰到你……
我大學念到大六不想念了，現在是……自由人。
這樣啊……

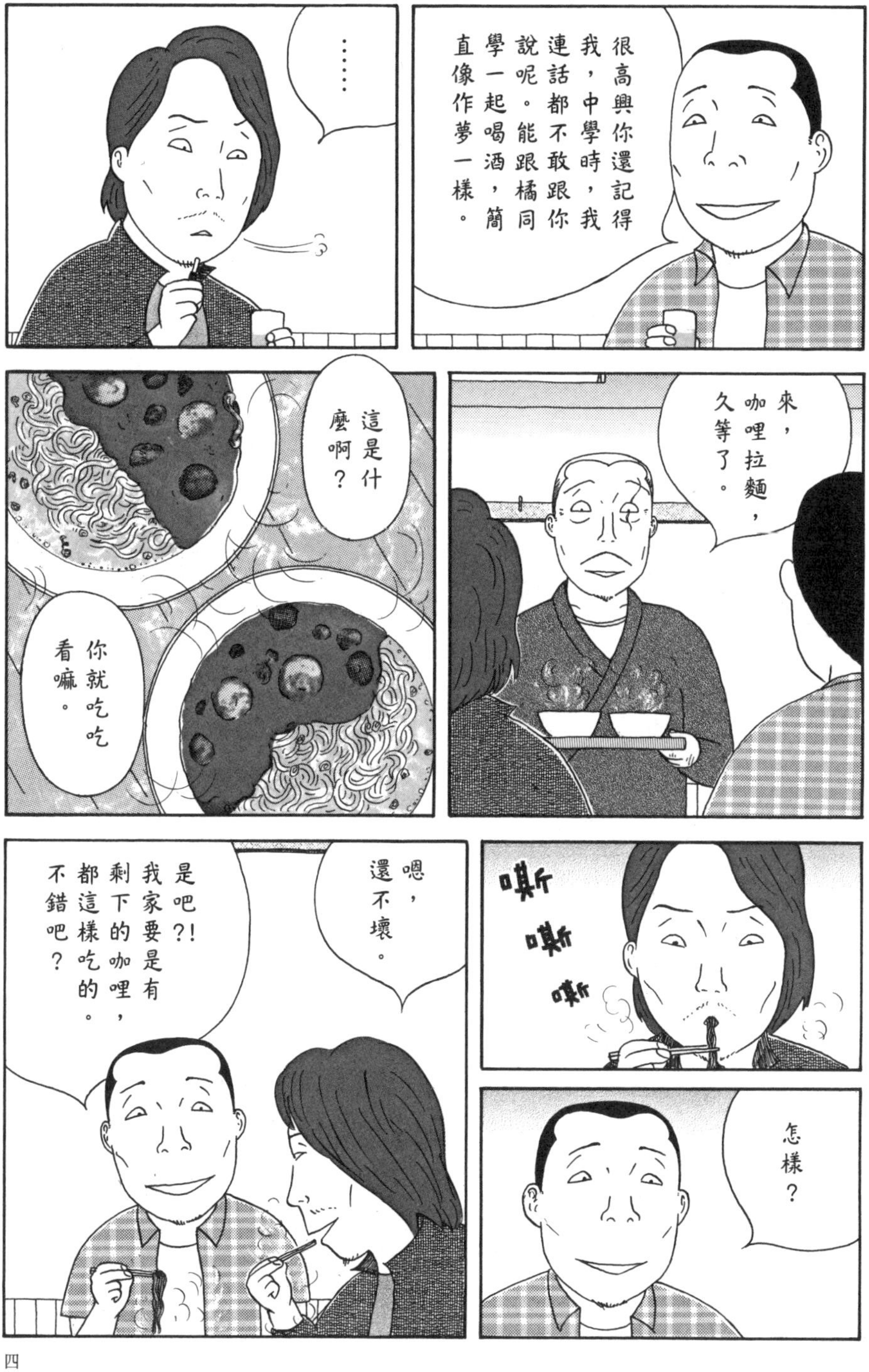
很高興你還記得我，中學時，我連話都不敢跟你說呢。能跟橘同學一起喝酒，簡直像作夢一樣。
……
來，咖哩拉麵，久等了。
這是什麼啊？
你就吃吃看嘛。
嘶
嘶
嘶
怎樣？
嗯，還不壞。
是吧?! 我家要是有剩下的咖哩，都這樣吃的。不錯吧？

笨山，不對，樺山，借我錢好嗎？
好啊，不過我身上只有兩萬日圓。
兩萬也可以。賭馬贏了我加倍還你。
嗯……
……
五天後——
めし
橘同學果然厲害啊。不只加倍，他還了我三倍的錢呢。
太好啦。但是呢……朋友之間還是不要有金錢借貸比較好喔。
我相信橘同學啦……。

咖哩拉麵兩碗。
喀啦
歡迎光臨。
橘同學!!
雛乃說想吃吃看所以……
這個會上癮呢。
雛乃小姐覺得怎樣？
嗯……要是能加牽絲乳酪就更好吃了。
老闆，加牽絲乳酪！

雛乃在歌舞伎町的陪酒俱樂部上班。
去指名她吧。
雛乃，給樺山名片吧。
嗯。
阿樺，請多指教囉。
啊，好。
後來樺山就跟橘同學一起去玩了。能夠跟中學時光芒四射的偶像橘同學做朋友，樺山非常高興。

能借我錢嗎？
要是後天不能籌到一百五十萬，就不知道會怎麼樣……
拜託了，我只能來求你了。
樺山……同學。
橘同學……
今天沒跟橘同學一起嗎？
我聯絡不上橘同學……

難道你借了很多錢給他？
……
啊，阿樺，你知道那個人在哪嗎？
喀啦
雛乃的卡和家裡的現金，還有值錢的首飾都跟那傢伙一起消失了……
那個人逃走了。因為我懷孕了……
還是生下來吧。橘同學的孩子一定很優秀的……
你是笨蛋嗎?! 你也被他騙了那麼多錢。
因為我相信橘同學……我們是朋友……

第 287 夜◎白蘿蔔泥
每天天氣都很熱，就會想吃清爽的食物吧，要不就是胃不好，最近點白蘿蔔泥的客人變多了。
吻仔魚白蘿蔔泥
滑菇白蘿蔔泥
納豆白蘿蔔泥

果然還是白蘿蔔泥好。
最近不喜歡油膩，還是這樣的好。
嗯，對胃也好。
怎麼說話跟老頭子一樣，分明還年輕。
對啊，不吃肉怎麼撐得過夏天呢。
他們倆對大叔們這麼不留情……
喀啦
歡迎光臨。
大家好。
佑磨！
哎喲，好久不見，來這坐吧。
謝謝。老闆，我要酒跟那個。
好，那個啊。

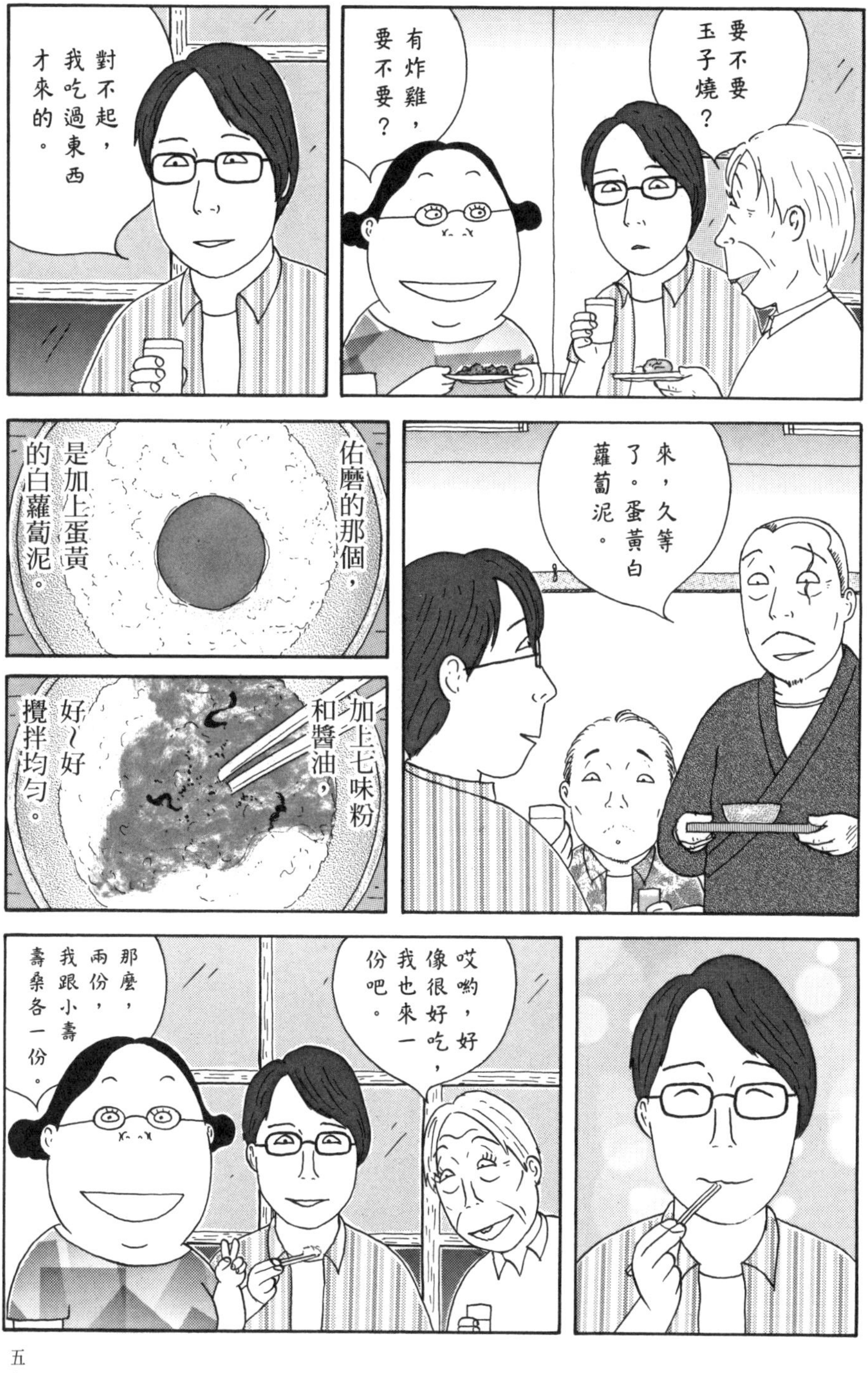
要不要玉子燒？
有炸雞，要不要？
對不起，我吃過東西才來的。
來，久等了。蛋黃白蘿蔔泥。
佑磨的那個，是加上蛋黃的白蘿蔔泥。
加上七味粉和醬油，好～好攪拌均勻。
哎喲，好像很好吃，我也來一份吧。
那麼，兩份，我跟小壽壽桑各一份。

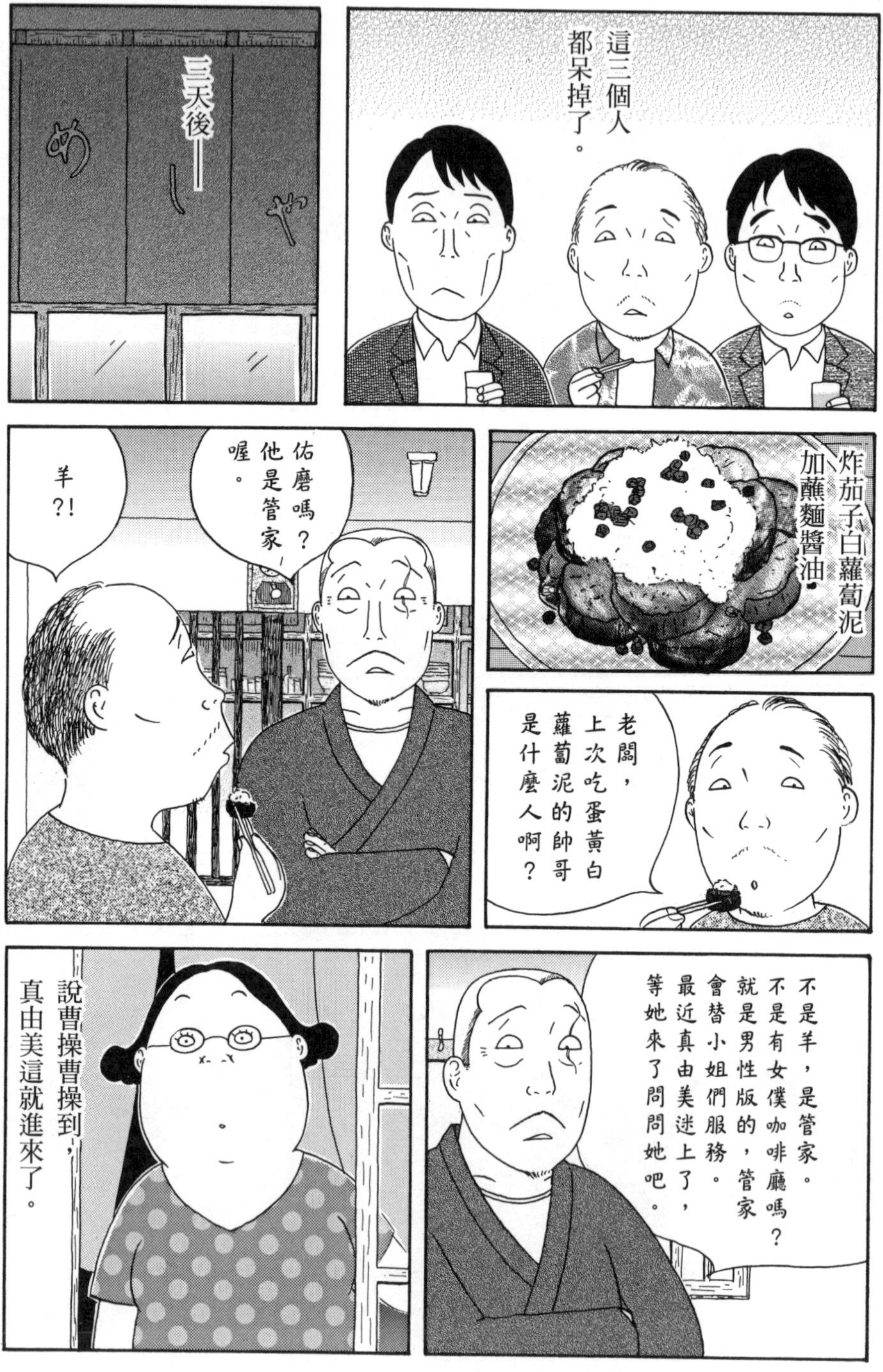

這三個人都呆掉了。
三天後——
めしや
炸茄子白蘿蔔泥加蘸麵醬油
老闆，上次吃蛋黃白蘿蔔泥的帥哥是什麼人啊？
佑磨嗎？他是管家[1]喔。
羊?!
不是羊，是管家。不是有女僕咖啡廳嗎？就是男性版的，管家會替小姐們服務。最近真由美迷上了，等她來了問問她吧。
說曹操曹操到，真由美這就進來了。

1 日文的「管家」（SHITSUJI）和羊（HITSUJI）發音相近。

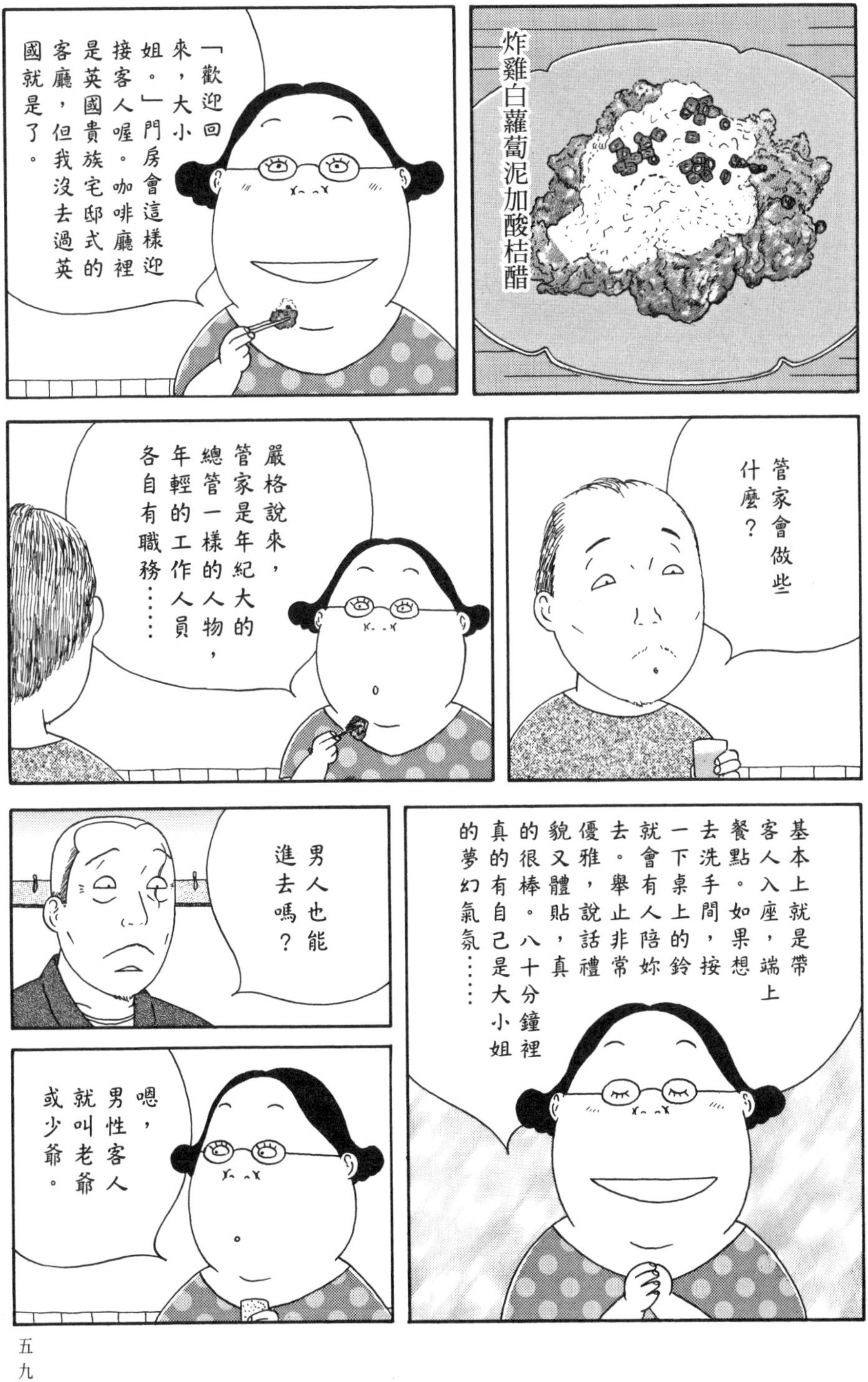
炸雞白蘿蔔泥加酸桔醋
「歡迎回來，大小姐。」門房會這樣迎接客人喔。咖啡廳裡是英國貴族宅邸式的客廳，但我沒去過英國就是了。
管家會做些什麼？
嚴格說來，管家是年紀大的總管一樣的人物，年輕的工作人員各自有職務……
基本上就是帶客人入座，端上餐點。如果想去洗手間，按一下桌上的鈴就會有人陪妳去。舉止非常優雅，說話禮貌又體貼，真的很棒。八十分鐘裡真的有自己是大小姐的夢幻氣氛……
男人也能進去嗎？
嗯，男性客人就叫老爺或少爺。

年紀大或已婚的女性就叫夫人。去管家咖啡廳的時候，客人也要好好打扮，扮演高尚的上流社會人士。
一開始覺得不太好意思，後來就習慣了。
唔～
扮演上流社會啊……
夫人，您的紅茶好了。
謝謝。
小野寺，能耽誤你一下嗎？
好的，有什麼事嗎？夫人。

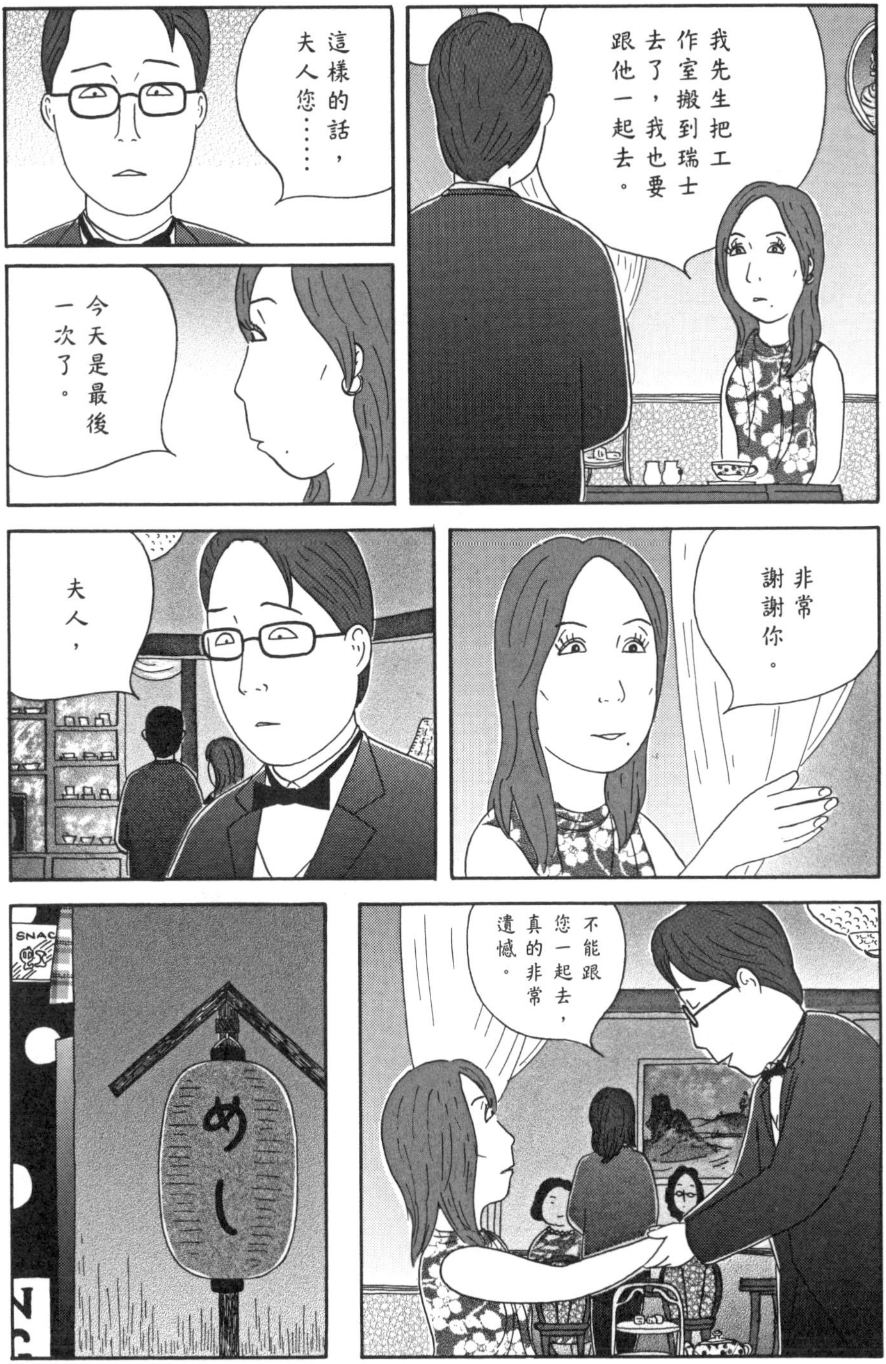
我先生把工作室搬到瑞士去了，我也要跟他一起去。
這樣的話，夫人您……
今天是最後一次了。
非常謝謝你。
夫人，
不能跟您一起去，真的非常遺憾。
めし

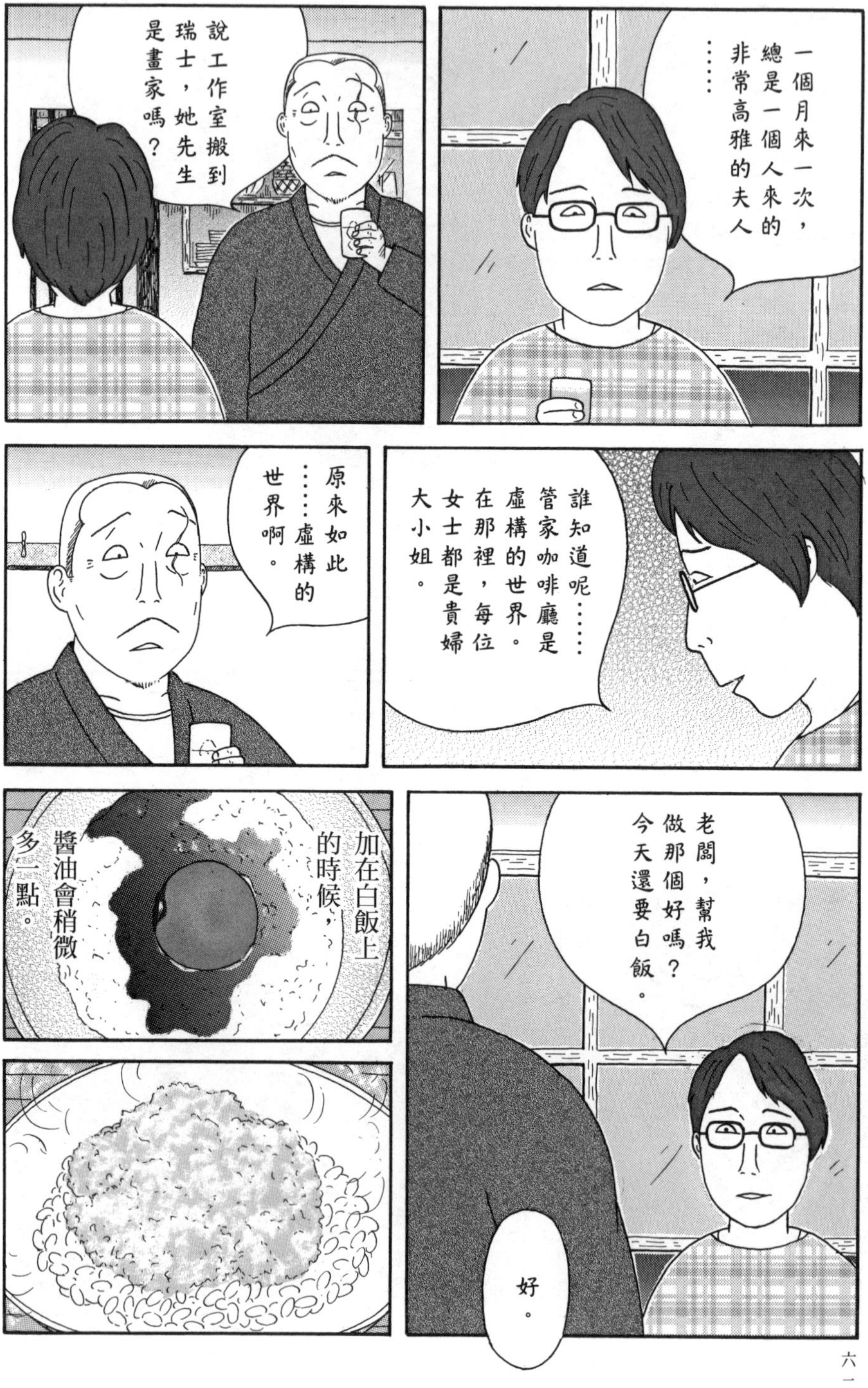
一個月來一次，總是一個人來的非常高雅的夫人……
說工作室搬到瑞士，她先生是畫家嗎？
誰知道呢……管家咖啡廳是虛構的世界。在那裡，每位女士都是貴婦大小姐。
原來如此……虛構的世界啊。
老闆，幫我做那個好嗎？今天還要白飯。
好。
加在白飯上的時候，醬油會稍微多一點。

♪
白蘿蔔泥加上油渣，淋上蘸麵醬油，放在白飯上非常好吃喔。
油渣白蘿蔔泥丼
哦，我沒吃過這個。
有一個客人非常喜歡這個。她在賓館當臨時清潔工，下班後會來吃這個。
喀啦
歡迎光臨。
啊，肚子餓了。老闆，老樣子。

……
?!
夫人！
你為什麼在這?!
這位文乃小姐打兩份工，她是單親媽媽，唯一的樂趣就是打扮漂亮去管家咖啡廳。但是上個月兒子生病了，為了照顧兒子，只好割捨自己的樂趣。
好像被施了魔法的灰姑娘……雖然是個半老的灰姑娘。
不久後，他和文乃小姐母子三人就一起生活了。

第288夜◎玉米炸餅

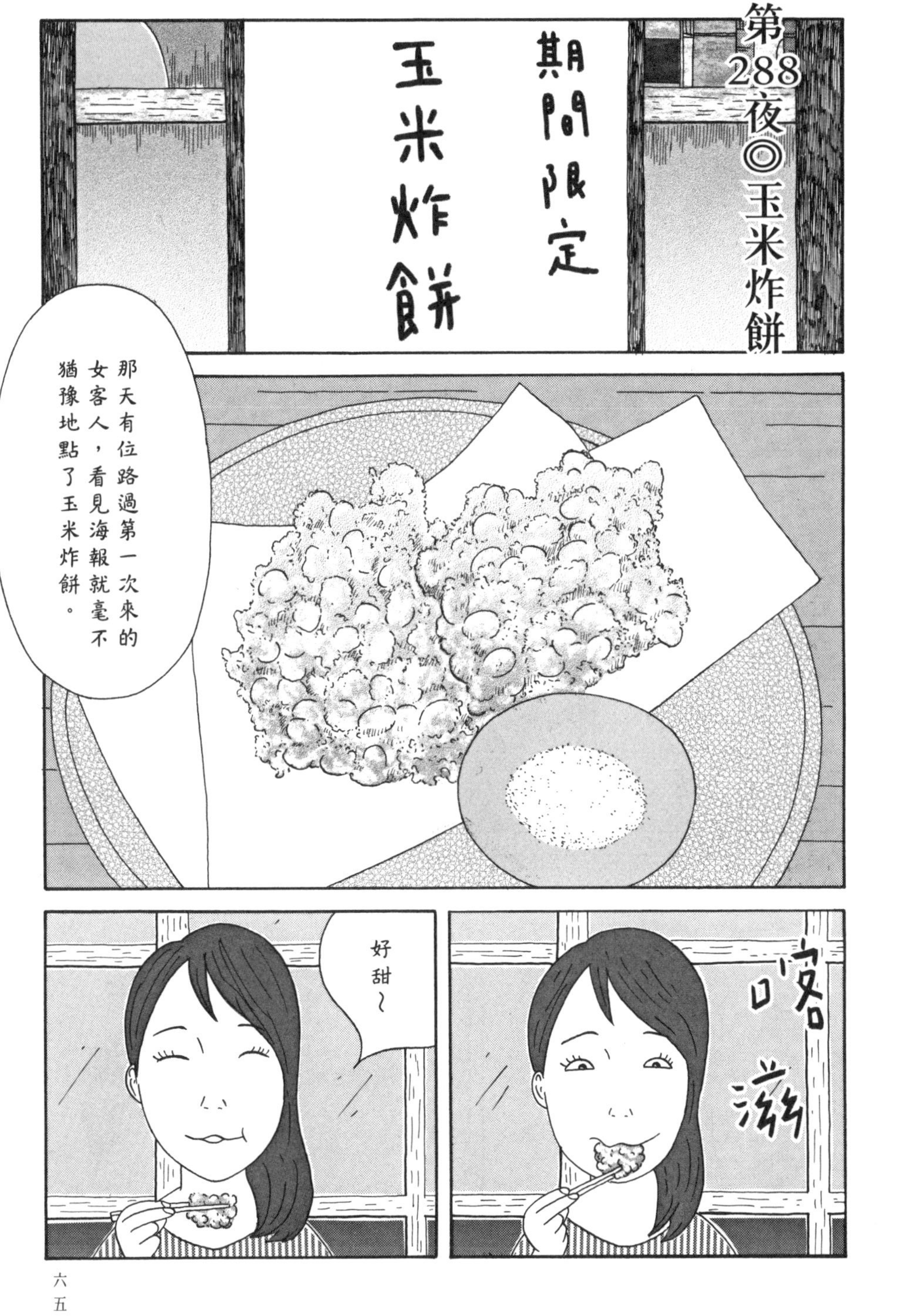
期間限定
玉米炸餅
那天有位路過第一次來的女客人，看見海報就毫不猶豫地點了玉米炸餅。
喀滋
好甜~

夢露小姐?!
夢露小姐?!
豬肉味噌湯定食 六百圓
啤酒（大） 六百圓
日本酒（兩合） 五百圓
燒酒（一杯） 四百圓
每位客人限點三杯酒
?!
什麼夢露小姐啊？
沒有啦……
以前歌舞伎町有家咖啡廳，那裡有個叫做夢露的女侍非常可愛。
對……妳跟夢露小姐很像……

以前是什麼時候？
一九八一、八二年吧。
好久以前啊，竟然還記得。
夢露小姐真的可愛到不行啊。
比一般的藝人都漂亮。
那這算是間接稱讚我囉。
這位小姐名叫紫乃，她換了工作，最近剛搬到附近。
我說不出夢露小姐是在下空咖啡廳上班啊。
下空咖啡廳啊，那個時候很流行……

穿著迷你裙，裡面沒穿內褲，但是穿著絲襪，現在看來不算什麼，但那個時候要排兩小時才進得去啊。
那位小姐搞不好是夢露小姐的女兒呢。
?!有可能喔!!夢露小姐做到一半就突然消失，難道是……
後來阿北跟堀江先生熱烈地討論這個話題。畢竟現在有很多藝人的第二代啊。
一星期後
Bar
妳竟然知道這種小店。
上次我碰巧路過進來，這裡的玉米炸餅真的太好吃了。

對了，上次這裡有兩個大叔，突然說我像「夢露小姐」。
？
八〇年代歌舞伎町有一家咖啡廳。那裡有個非常可愛的女侍叫夢露小姐，聽說長得跟我很像。
夢露小姐啊……
來，久等了，玉米炸餅。
我開動了。
喀滋
喀滋

好甜～
紫乃和她男朋友是非常相配的一對。
十天後——
妳精神不好啊，怎麼啦？
週末要去見他的母親，說是因為工作從北海道過來。
她一定會反對我們結婚的……我離過一次婚，之前還在陪酒俱樂部上班，過去有很多事……
他怎麼說？
他說不要講出來就好。他全都知道還願意跟我交往的。

是啊，他既然這麼說，也就不必特地提妳的過去了……只要不說謊就好。
我也這麼想。我不想撒謊。要是真的不行，那也沒辦法。
紫乃，要玉米炸餅嗎？
今天不用了。
啊，老闆，你知道下空咖啡廳嗎？夢露小姐好像是那裡的女侍。
耕一在網路上查了告訴我的。我本來還很高興，結果大失所望。
週末下了雨。紫乃說白天要跟他母親見面，不知道情況怎樣了。
SNACK
NON
富美
めし
那天的第一批客人是——

歌舞伎町牛郎店的老闆小澤先生，和據說是他老朋友的同齡女士。
在酒吧被叫住的時候，我嚇了一跳啊。
我好像二十……七年沒去那裡了吧。
認不出來吧，我胖了。
今天我跟兒子想娶的女孩見面了。
我也一樣啊。
那個孩子，跟我年輕時有點像啊。
?!
男人多少都有點戀母情結的。

喀啦
老闆，我要玉米炸餅。
喲，紫櫻啊，好久不見。
?!
紫櫻是紫乃小姐陪酒時用的花名。小澤先生常常去那裡指名她陪酒。
至於紫乃小姐男友的母親就是……
耕一知道妳以前的事嗎？
知道……我跟耕一先生就是在陪酒俱樂部認識的。
雖然沒有人問，紫乃還是把自己的過去原原本本說出來了。

女人要靠自己活下去，難免有無奈的時候。
我也是……就把以前的事忘了吧。
……
忘了就好。耕一就拜託妳了。
伯母……我這樣的人真的可以嗎？
就是妳才好。
恭喜啊，紫櫻。夢露小姐，也恭喜妳找到了好媳婦。
夢露小姐?!
傳說中的夢露小姐，原來是這位啊……

凌晨1時

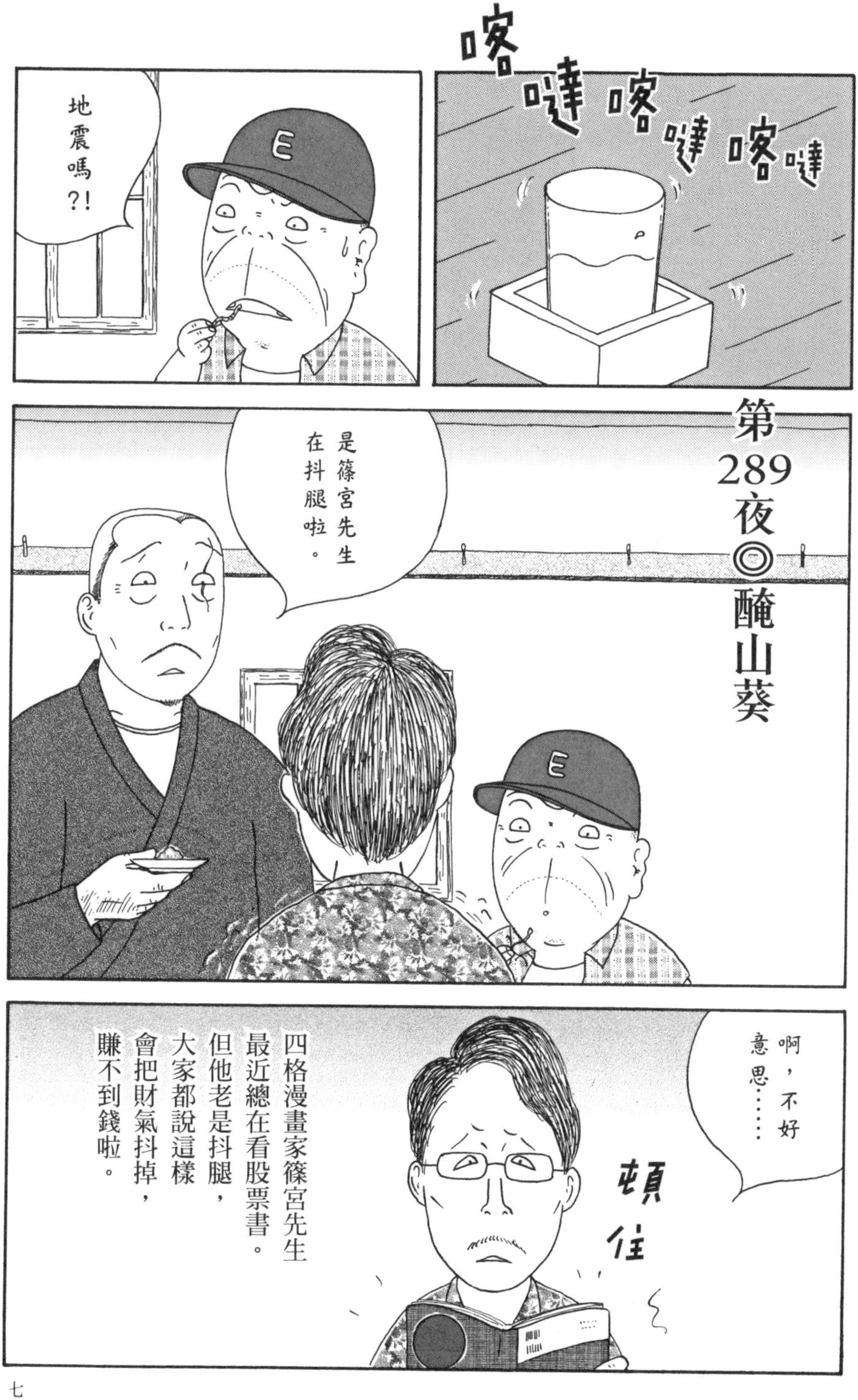
喀噠喀噠喀噠
地震嗎?!
第289夜◎醃山葵
是篠宮先生在抖腿啦。
啊，不好意思……
頓住
四格漫畫家篠宮先生最近總在看股票書。但他老是抖腿，大家都說這樣會把財氣抖掉，賺不到錢啦。

靜岡名產醃山葵。
把山葵的莖、葉和根一起切碎，再以酒粕醃漬。
有人送了我很多當作伴手禮，想吃的客人我就請他們吃。
嗯～!!
朋友送的醃山葵，我自己吃不完……
對啊，醃山葵頂多是放在魚板上而已。
不，下酒配飯都好。取代味噌放在小黃瓜上也行。跟炸雞、牛排這類油膩的東西也很搭。

對喔，篠宮先生是靜岡人啊。
喀啦
大家好。
進來的是篠宮先生的女兒香織小姐。
他們不住在一起，偶爾會父女兩人來這裡相聚喝一杯。
有人跟媽媽求婚了。
對方是誰？
保險的客人，太太去世了，是個資產家。
咦?!

喀噠
喀噠
喀噠
……
爸爸，不要一直抖腿啊。媽媽也說過，這太討人厭了。
妳媽……要再婚啦。
還不知道呢。對了，爸爸，你的漫畫工作怎麼樣啦？
多少有在畫啦。連載四格漫畫的雜誌也越來越少了……
篠宮先生是專門畫四格漫畫的漫畫家，在四格漫畫雜誌眾多的泡沫經濟期很紅，家裡的事都交給太太打理，專心做自己喜歡的事。泡沫時代結束，他的工作減少了，成天只會抖腳發牢騷。太太最後受不了，就趁香織小姐出社會獨立，留下離婚證書走了。

妳媽會再婚嗎……
搞不好會。對方是資產家，好像很有錢。
有錢人啊，可惡……
後來兩個人
吃了醃山葵的茶泡飯後就離開了。
前妻再婚的消息可能讓篠宮先生受到了不小的打擊，在那之後就沒來過了。
十天後——
爸爸發燒在家休息。
篠宮先生還好嗎？

結果只是感冒而已。
然後啊……爸爸說夢話一直在叫媽媽的名字。
應該是還很念念不忘吧。
我跟爸爸說了。
柳瀨嵩老師的《麵包超人》大賣，也是在他過七十歲後。
爸爸還不到六十歲呢。別成天看股票書，好好畫漫畫吧！
靠漫畫出名變成有錢人，再跟媽媽求婚不就好了嗎？
爸爸！

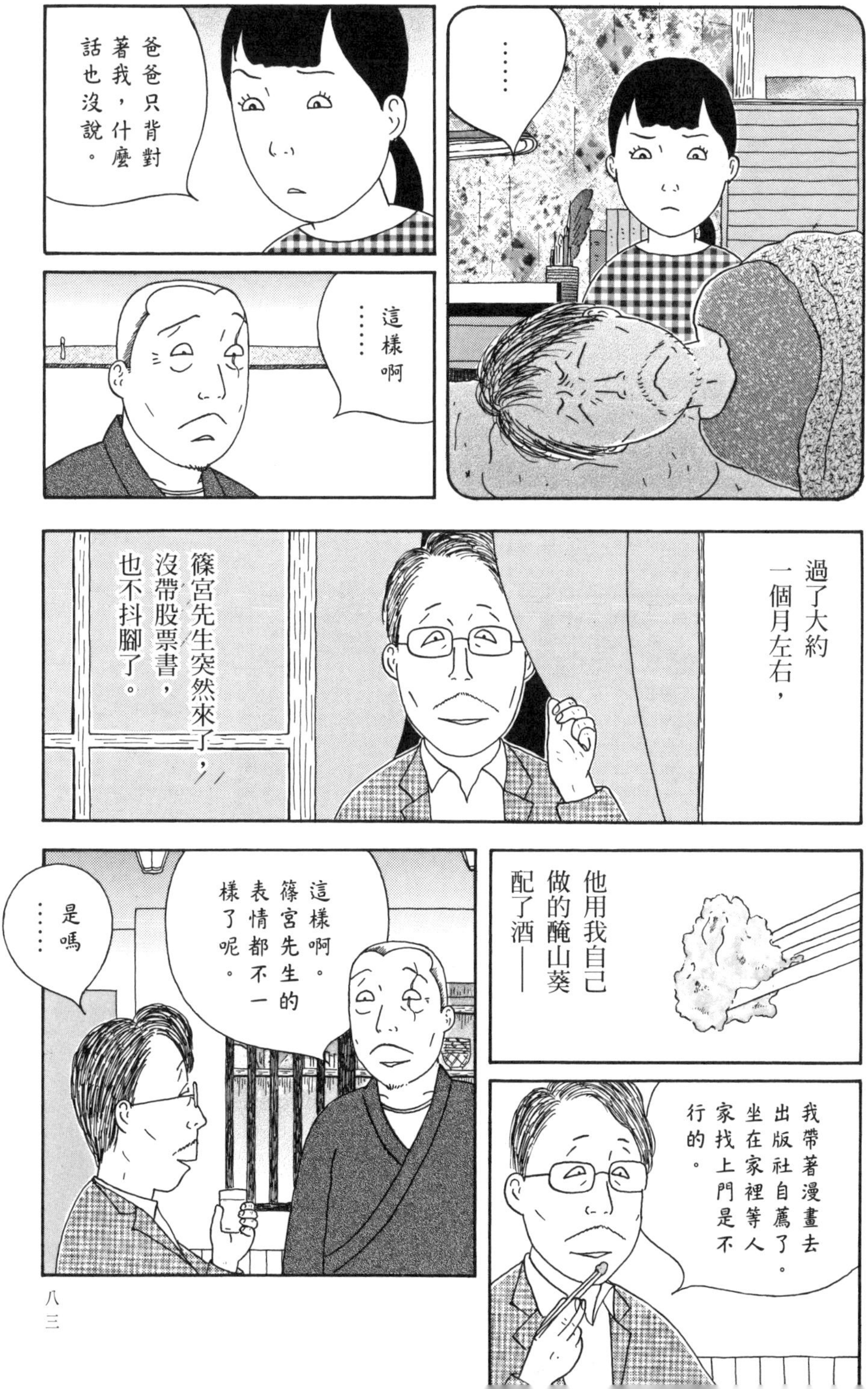
……
爸爸只背對著我，什麼話也沒說。
這樣啊……
過了大約一個月左右，
篠宮先生突然來了，沒帶股票書，也不抖腳了。
他用我自己做的醃山葵配了酒——
我帶著漫畫去出版社自薦了。坐在家裡等人家找上門是不行的。
這樣啊。篠宮先生的表情都不一樣了呢。
是嗎……

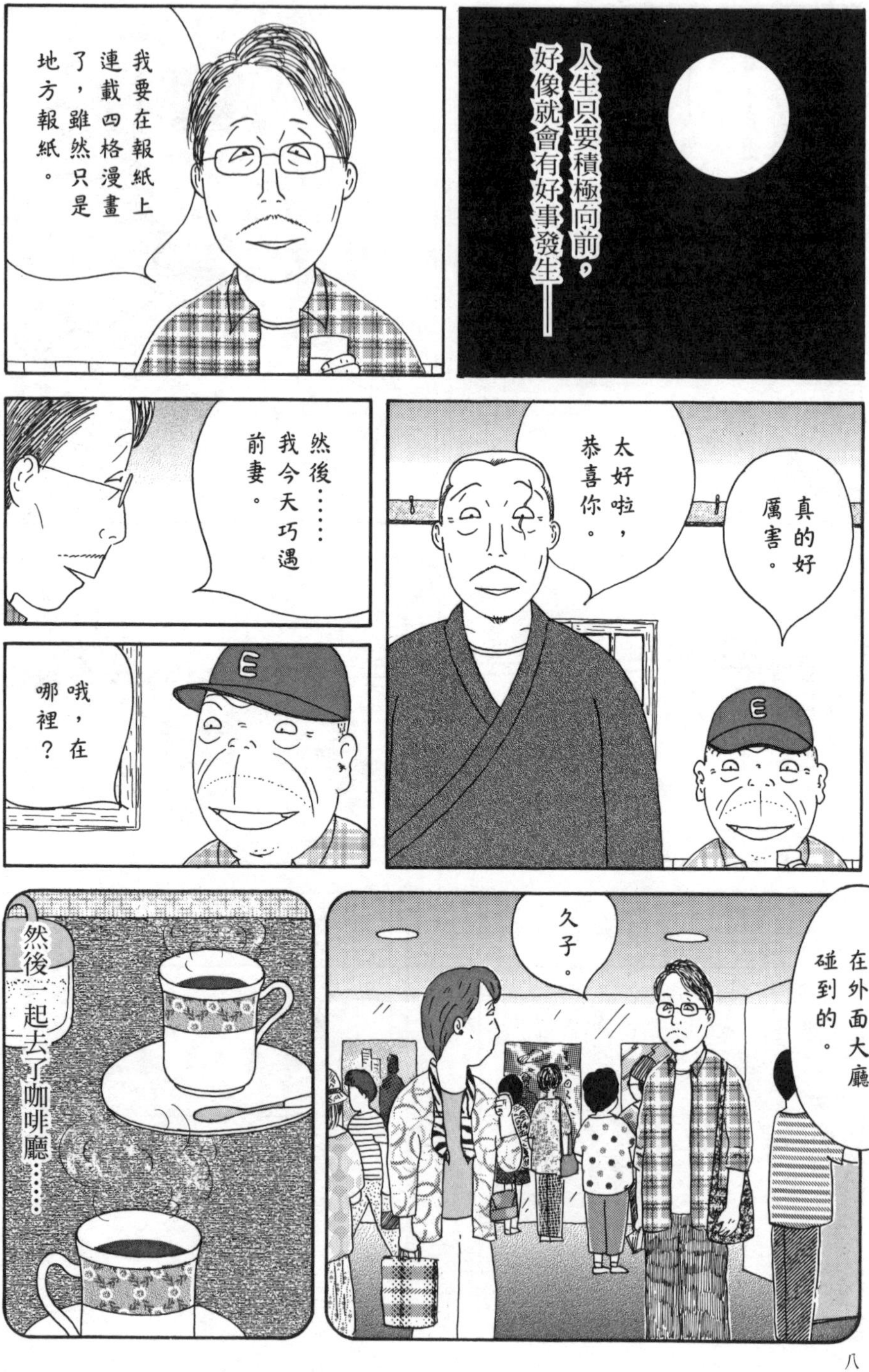
人生只要積極向前，好像就會有好事發生——
我要在報紙上連載四格漫畫了，雖然只是地方報紙。
太好啦，恭喜你。
真的好厲害。
然後……我今天巧遇前妻。
哦，在哪裡？
看完電影，在外面大廳碰到的。
久子。
然後一起去了咖啡廳……

你精神不錯太好了。香織打了電話給我。
只是感冒啦。我馬上……要在報紙連載四格漫畫了。
哎喲，太好了。
妳……打算再婚吧？跟一個喪妻的資產家……
什麼啊？那件事我早就拒絕了。
拒絕了?!那太好了！嗯，太好了……
E
所以你們破鏡重圓了嗎？
……
沒有啦，還沒到那個地步……

知道前妻沒有再婚，篠宮先生顯然非常高興。
他用醃山葵和烤海苔配了三碗飯呢。
♫
兩週後——
めし
我媽要再婚了。
不是同一個人，還有別人跟她求婚。
是離過一次婚的上班族，年紀比她小三歲……
上次篠宮先生說她拒絕了啊……
媽媽看見爸爸當時那麼高興，就怎麼也說不出口。
篠宮先生，沒問題吧……

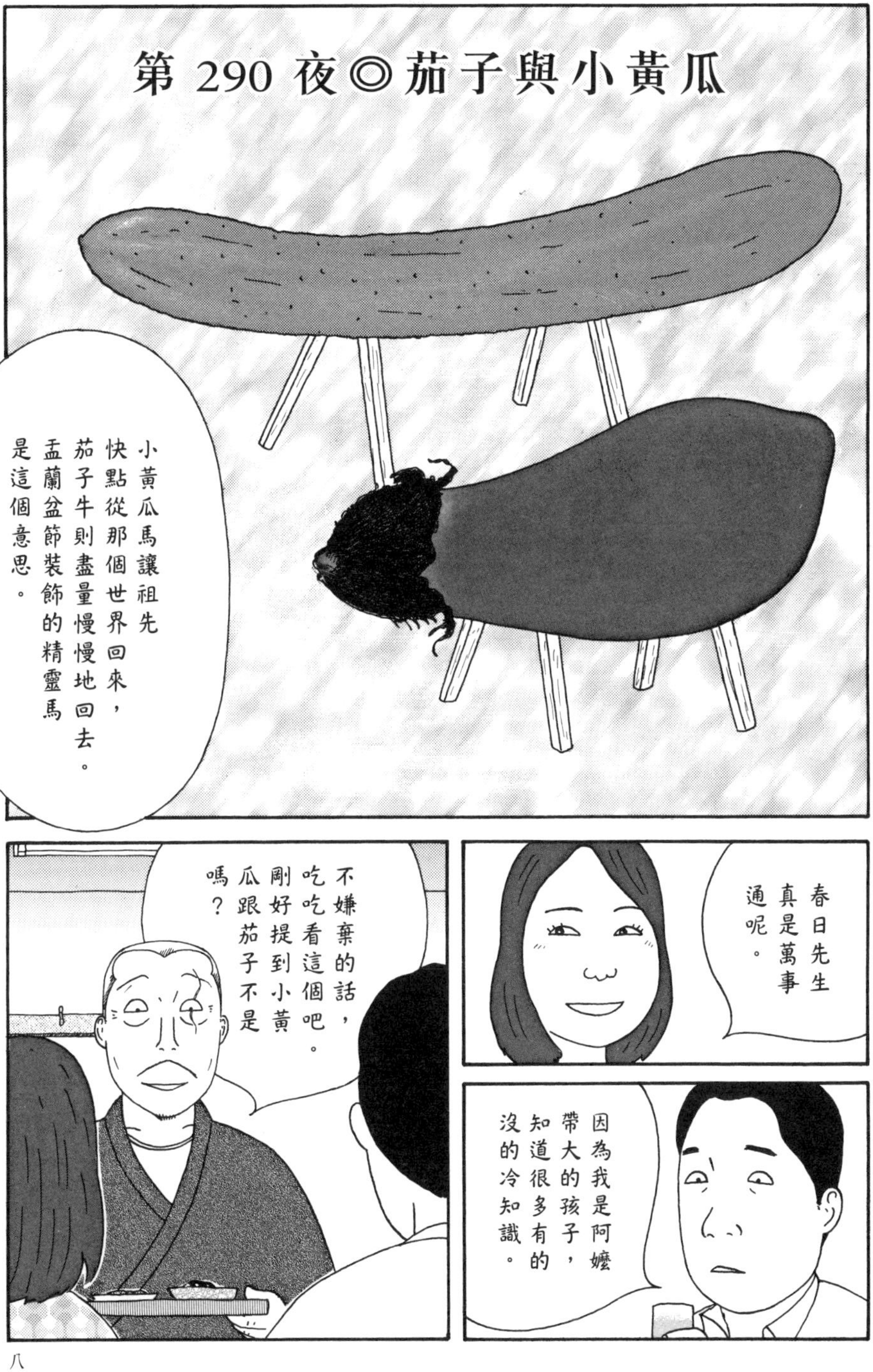
第290夜◎茄子與小黃瓜
小黃瓜馬讓祖先快點從那個世界回來，茄子牛則盡量慢慢地回去。盂蘭盆節裝飾的精靈馬是這個意思。
春日先生真是萬事通呢。
因為我是阿嬤帶大的孩子，知道很多有的沒的冷知識。
不嫌棄的話，吃吃看這個吧。剛好提到小黃瓜跟茄子不是嗎？

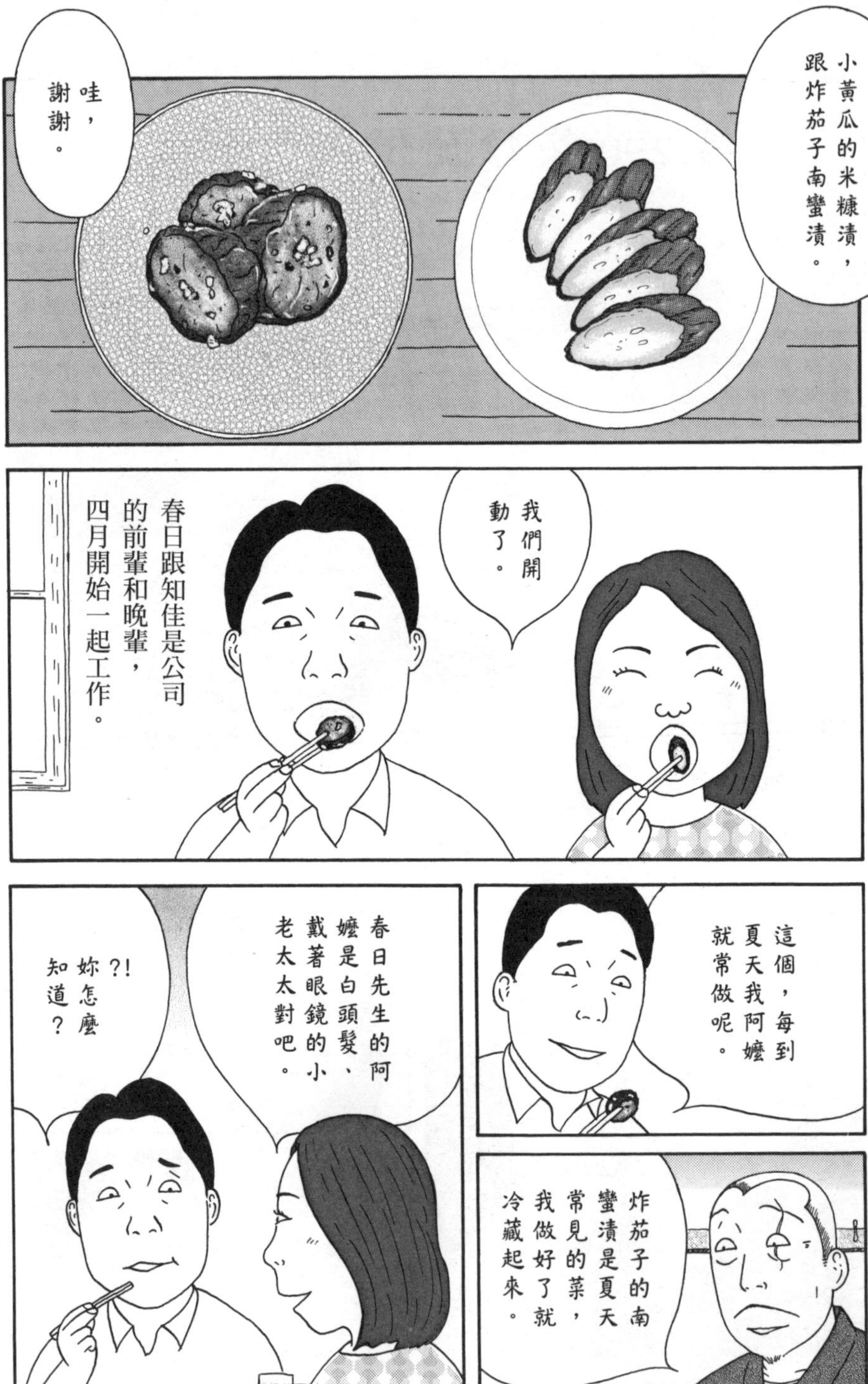
小黃瓜的米糠漬，跟炸茄子南蠻漬。
哇，謝謝。
我們開動了。
春日跟知佳是公司的前輩和晚輩，四月開始一起工作。
這個，每到夏天我阿嬤就常做呢。
炸茄子的南蠻漬是夏天常見的菜，我做好了就冷藏起來。
春日先生的阿嬤是白頭髮、戴著眼鏡的小老太太對吧。
?!妳怎麼知道？

現在就坐在春日先生旁邊笑著呢。
咦?!
我看得見鬼魂。春日先生想起以前的事，阿嬤很高興呢。
這樣啊。
……
阿嬤很高興就好了，不是嗎？
是、是啊。這兩三年我都沒回老家，今年盂蘭盆節回去掃墓好了。
對不起，我不是要嚇你的。
沒事……

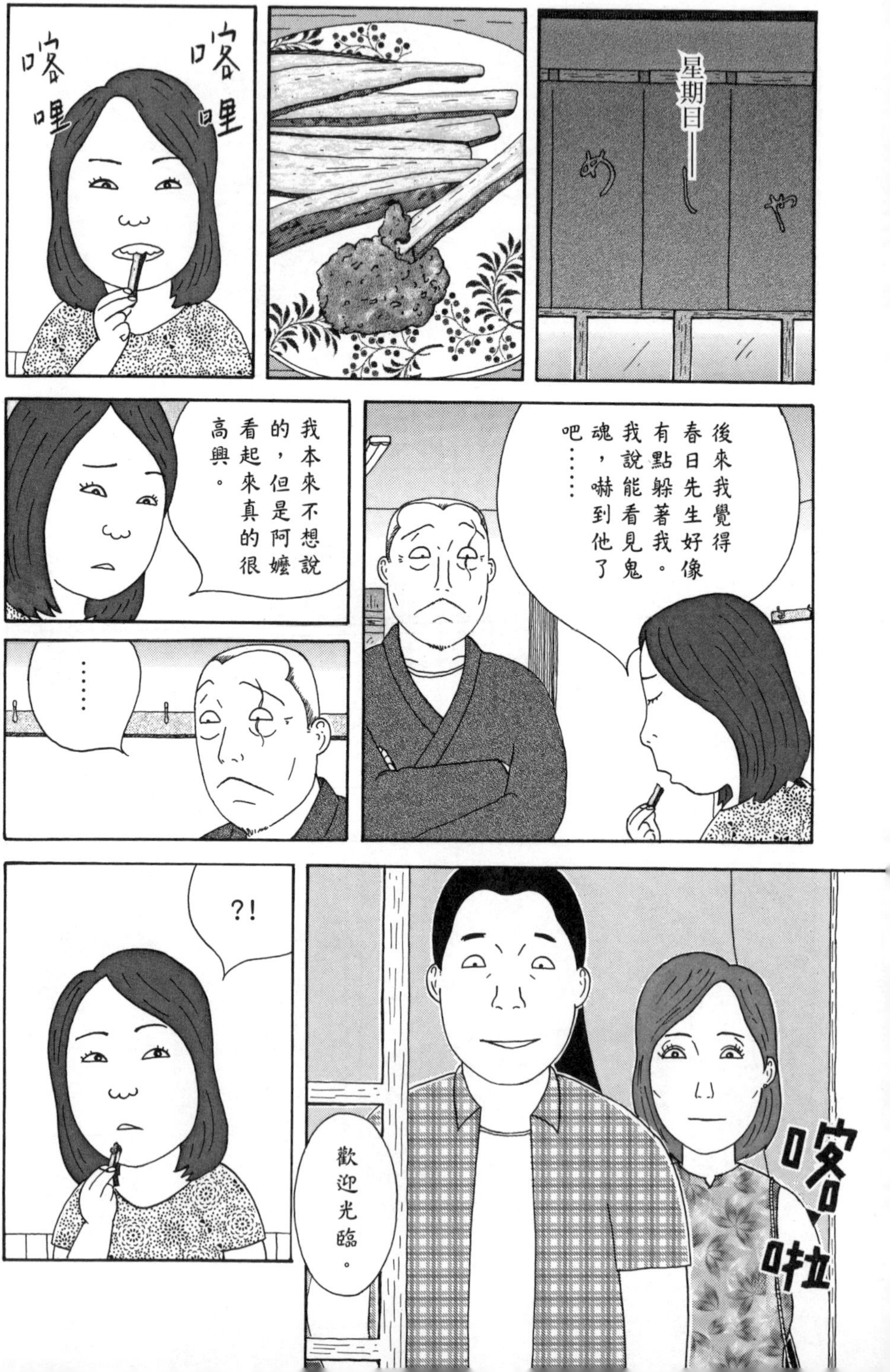
星期日
めしや
喀哩
喀哩
後來我覺得春日先生好像有點躲著我。我說能看見鬼魂，嚇到他了吧……
我本來不想說的，但是阿嬤看起來真的很高興。
……
喀啦
歡迎光臨。
?!

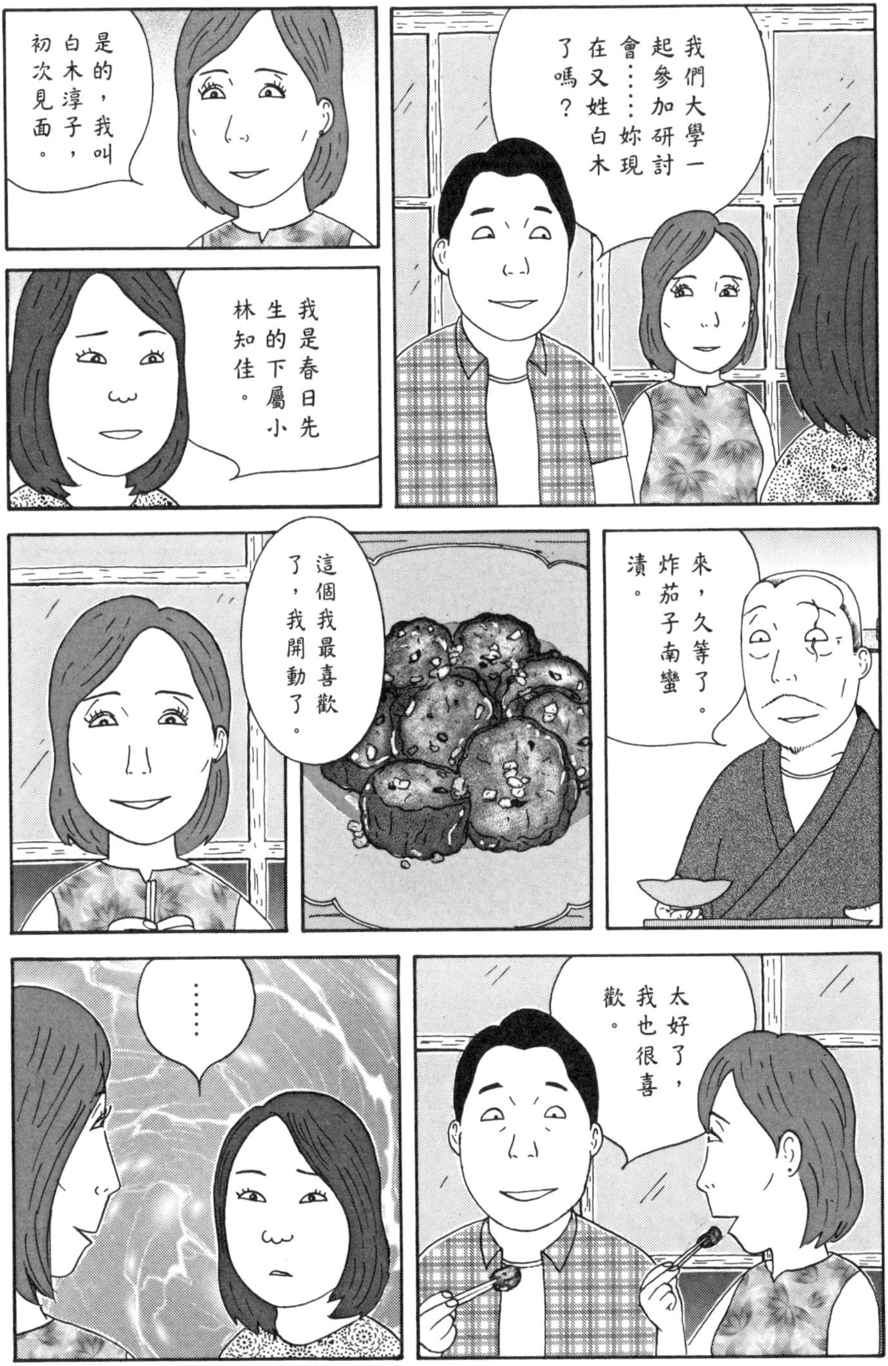
我們大學一起參加研討會……妳現在又姓白木了嗎？
是的，我叫白木淳子，初次見面。
我是春日先生的下屬小林知佳。
來，久等了。炸茄子南蠻漬。
這個我最喜歡了，我開動了。
太好了，我也很喜歡。
……

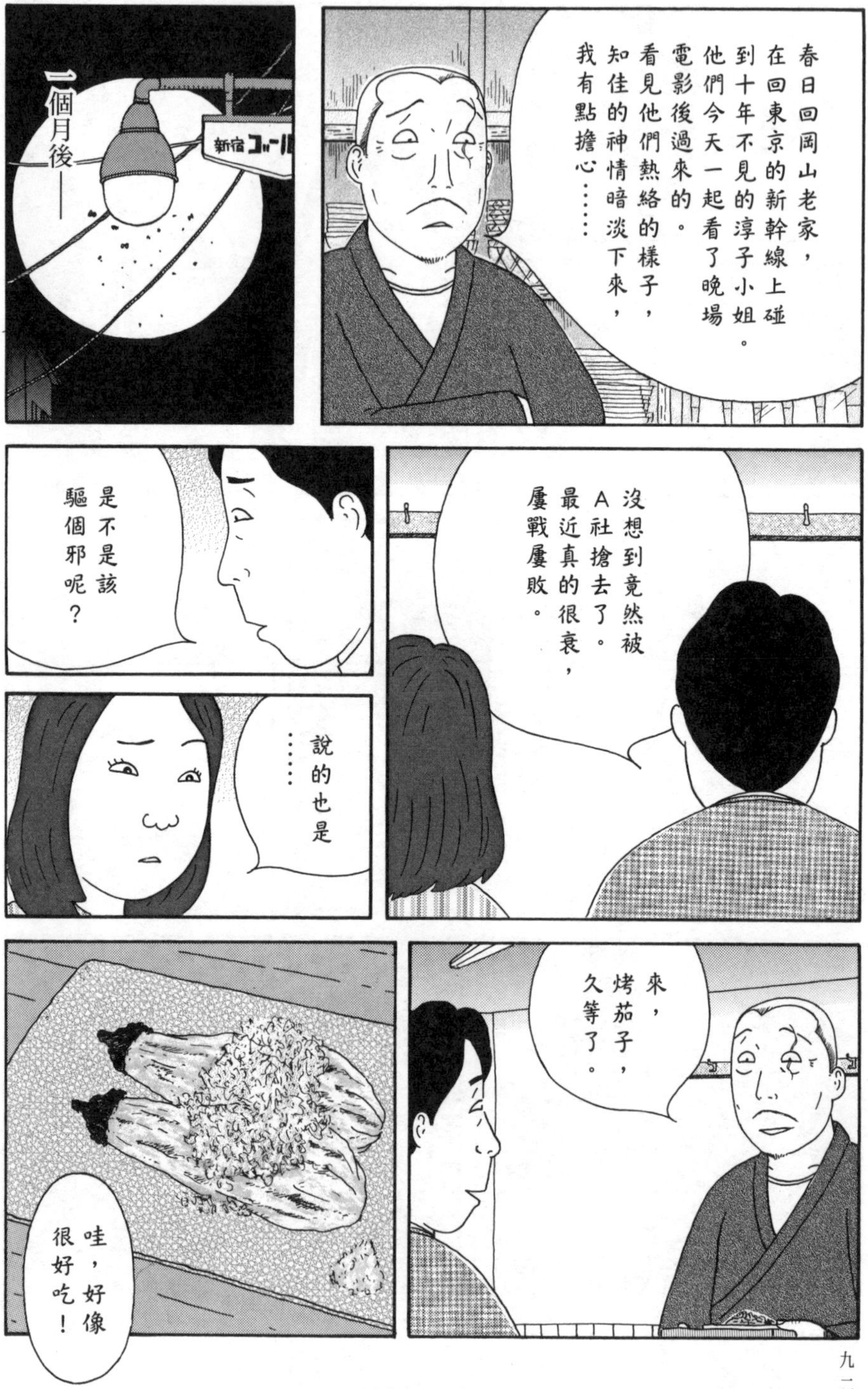
春日回岡山老家，在回東京的新幹線上碰到十年不見的淳子小姐。他們今天一起看了晚場電影後過來的。看見他們熱絡的樣子，知佳的神情暗淡下來，我有點擔心……
一個月後——
沒想到竟然被A社搶去了。最近真的很衰，屢戰屢敗。
是不是該驅個邪呢？
說的也是……
來，烤茄子，久等了。
哇，好像很好吃！

嗯嗯～!!果然秋天就要吃烤茄子啊。
阿嬤在後院種了茄子，常常做給我吃。一開始我很討厭的……
春日很喜歡茄子呢。
但是後來就喜歡上了。
我是看不到啦，但後來知佳悄悄跟我說，阿嬤在春日旁邊笑得很開心呢。
三天後——
春日先生胃潰瘍，應該是工作壓力造成的。
咦?!

最近生意一直談不成，其實……我知道原因。
怎麼回事啊？
是白木淳子小姐。春日先生跟她交往後就不順利了。雖然不是淳子小姐的錯。
?!
春日先生不是帶淳子小姐來過嗎？那個時候我看見了。
看見什麼?!
淳子小姐背後，有一個臉色蒼白的男人，是她兩年前生病去世的先生。
她先生嫉妒心很重，所以春日先生就……
咦?!

這件事，春日先生……
我說不出口啊，反正他也不會相信。阿嬤好像也很擔心……
阿耕、阿耕……
嗚……
阿耕。
阿耕的壞運氣，阿嬤都替你帶走，不用擔心了。
阿嬤?!
阿嬤?!
……是夢啊。

第二天，淳子小姐來探春日先生的病，跟他說自己母親身體不好，她要回長野去繼承家裡的民宿生意。
十月底——
酒場
Bar
託大家的福，在那之後真的一切都非常順利。
壞運都被阿嬤帶走了呢。
嘻嘻。
對啊，而且呢……
阿嬤跟我說完，走的時候，
揹著一個大包袱，坐在茄子牛上面喔!!

第 291 夜◎鹽味炒麵

八月下旬，破鏡重圓後更加親熱的變性人阿順和直男吉田帶著一個小男孩一起來了。
炸雞是招待的。
鹽味炒麵，久等了。
來，不用客氣，你不是餓了嗎?!
我開動了……

唔呃。
來，喝水。慢慢吃，沒人跟你搶啊。
嘻嘻。
阿順的外甥嗎？
不是。他說他是來找住在我家隔壁叫琉璃子的人。
琉璃子昨天到泰國旅行去了。

他蹲在人家門口，所以我就帶他來。
小朋友，你叫什麼名字？
我叫拓武。
拓武是自己一個人從滋賀到這裡來的對吧。
自己一個人?!你爸媽呢？
阿順打電話去拓武家，有個女人接了電話，說沒辦法來接他，拜託我們照顧。
……
今天就住在姊姊家裡，不用擔心，快吃吧。
嗯……
ちょっと
那天拓武吃完鹽味炒麵，就累得睡著了。吉田揹著他回去了。

兩天後——
めし
拓武要待到琉璃子回來為止。
住在阿順隔壁那個叫做琉璃子的女人，好像是拓武的媽媽。她離婚後就離開滋賀了，拓武跟爸爸和繼母住在一起，最近繼母生了孩子……
拓武覺得不被接納吧。他在爸爸房間找到琉璃子寄來的明信片，從上面的地址找到東京這裡來。
這樣啊……
駿介自己也跟繼母處得不好，所以很同情他……

喀啦
怎麼啦?!這種時間來！
歡迎光臨。
我跟拓武打遊戲，肚子就餓啦，對不對？
嗯。
老闆，大盤鹽味炒麵，要加炸雞喔。
好。
拓武好像喜歡上店裡的鹽味炒麵了。

拓武看起來比之前開朗多了。
隔天——
變性人也有母性本能嗎？
什麼意思？
阿順怎麼了嗎？
吉田和阿順因為某些原因，現在收留了一個小學男童。
看看這個。

哎喲?!
好像母子喔！
好可愛！這個孩子也會激發我的母性本能啊。
雖然不知道是不是母性本能，但類似的情感可能還是有的吧。我們男同沒法生小孩就是了。
昨晚拓武摸著睡旁邊的阿順胸部上，一面說夢話叫媽媽。然後阿順好像就想當媽媽了。
哎喲，要是到我這裡來，就有天然的胸部，不用摸假的啦。
別這樣，這話可不要在阿順面前說啊。
就在此時，阿順傳簡訊給吉田。

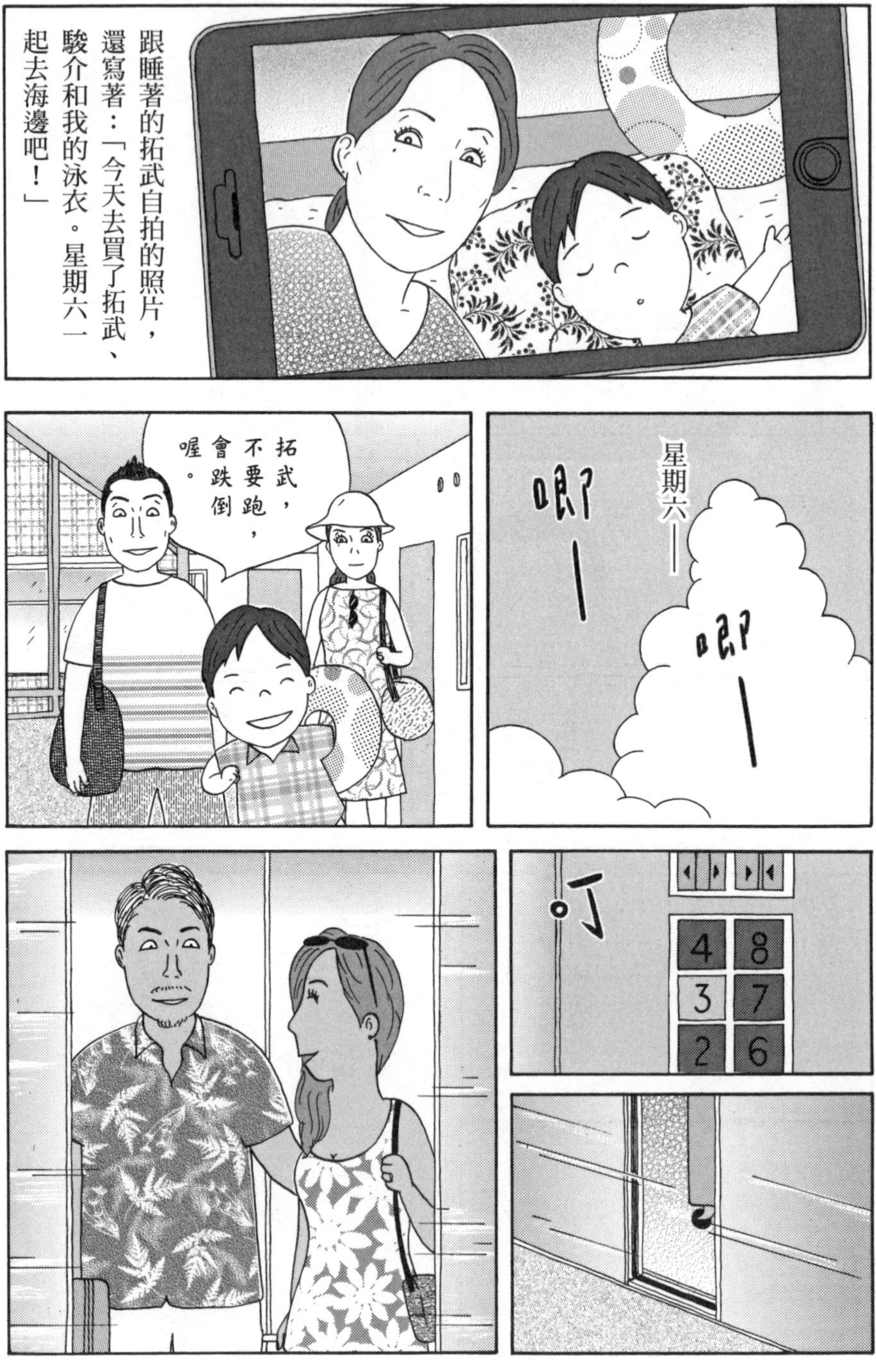
跟睡著的拓武自拍的照片，還寫著：「今天去買了拓武、駿介和我的泳衣。星期六一起去海邊吧！」
星期六——
唧——
唧——
拓武，不要跑，會跌倒喔。
叮
4
8
3
7
2
6

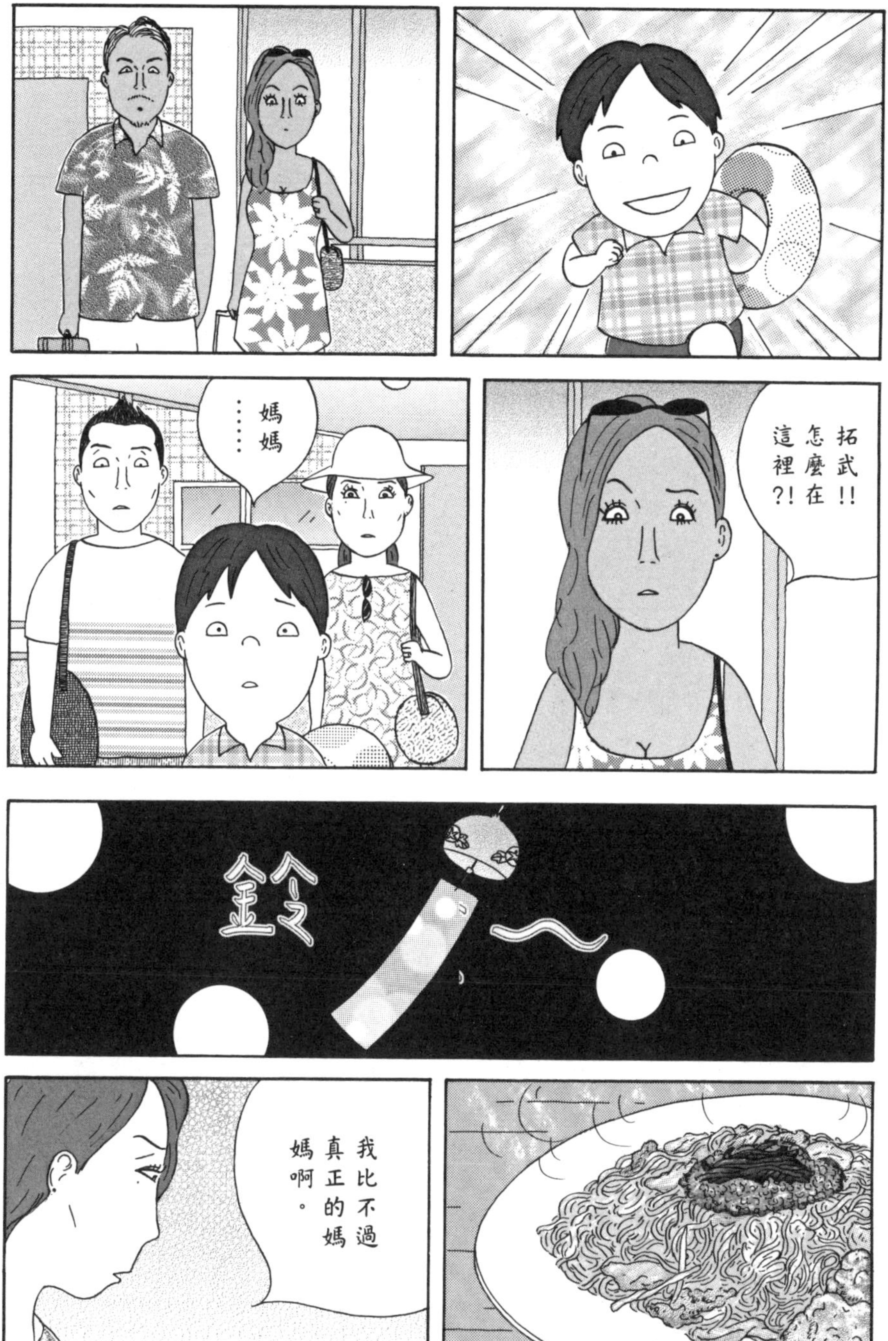
媽媽……
拓武!!怎麼在這裡?!
鈴~
我比不過真正的媽媽啊。

琉璃子小姐讓男人離開，跟他們道了謝，把拓武帶回自己家。第二天，拓武就跟爸爸一起回滋賀了。他爸爸長期出差回來，發現拓武留下了字條，說去找媽媽，就急忙來到東京。他帶著點心去拜訪，不住地低頭道歉說：「以後不會讓拓武覺得寂寞了。」
拓武……
阿順。
雖然短暫，但體驗過當媽媽不是很好嗎？真的養孩子可辛苦啦。
……
九月中，沮喪的阿順收到了拓武寄來的明信片。
看見明信片，阿順稍微開心了一點。

第292夜◎大蔥豬排
老闆，我要炸豬排，但是要加點清爽的。替我做吧。
薰子點菜一向都是這樣。於是我就做了荻窪居酒屋老闆教我的「大蔥豬排」。把排骨麵上的豬肉裹上麵衣炸成豬排，再加上很多很多的大蔥，然後淋上酸桔醬。
我開動了。

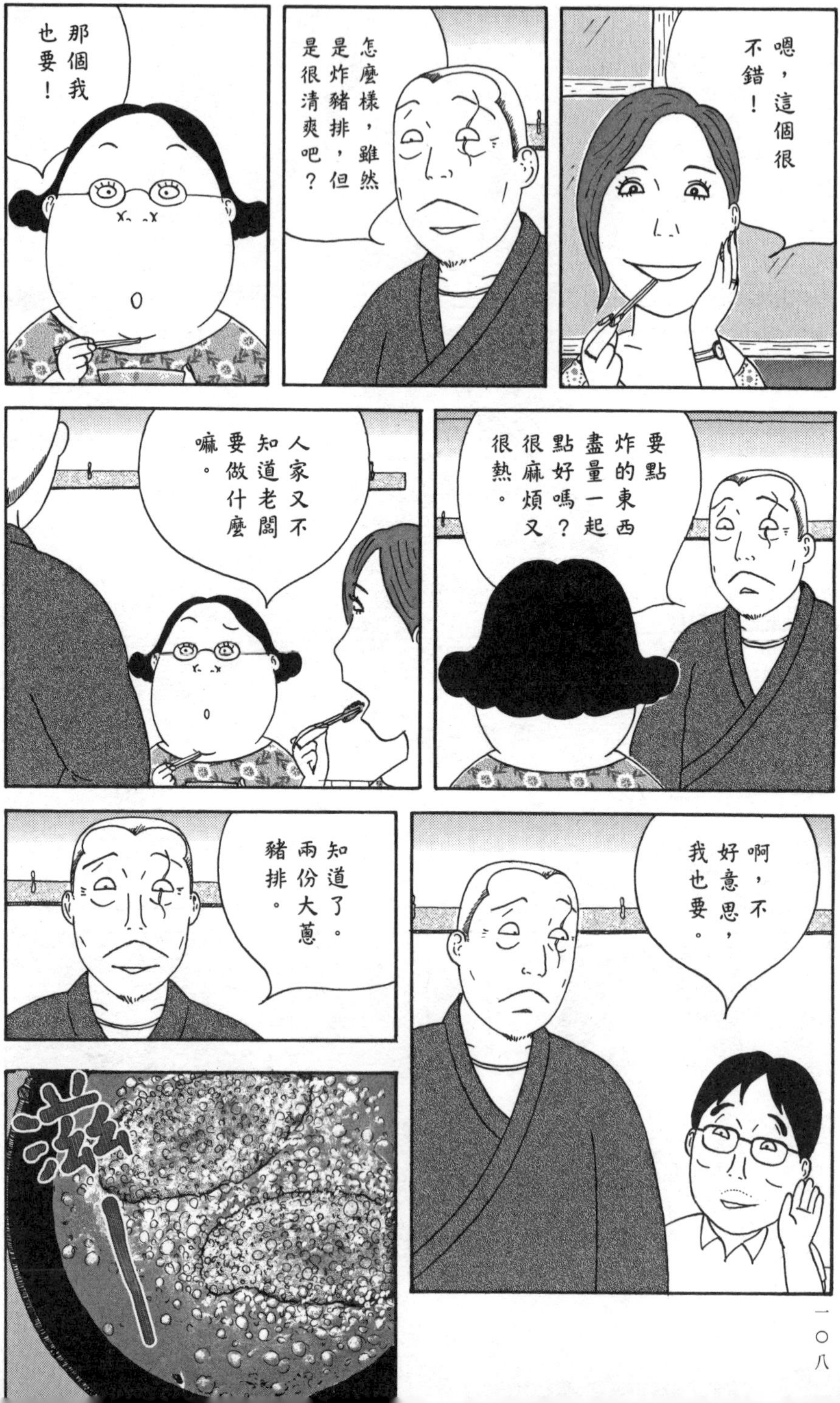
嗯，這個很不錯！
怎麼樣，雖然是炸豬排，但是很清爽吧？
那個我也要！
要點炸的東西盡量一起點好嗎？很麻煩又很熱。
人家又不知道老闆要做什麼嘛。
啊，不好意思，我也要。
知道了。兩份大蔥豬排。
滋

喀
滋
每天都這麼熱，雖然想吃有分量的，但還是有點清爽感的好。
對吧?!這個的話有多少都吃得下。
來，大蔥豬排，久等了。
老闆，大蔥豬排，再來一份！
哎。
……

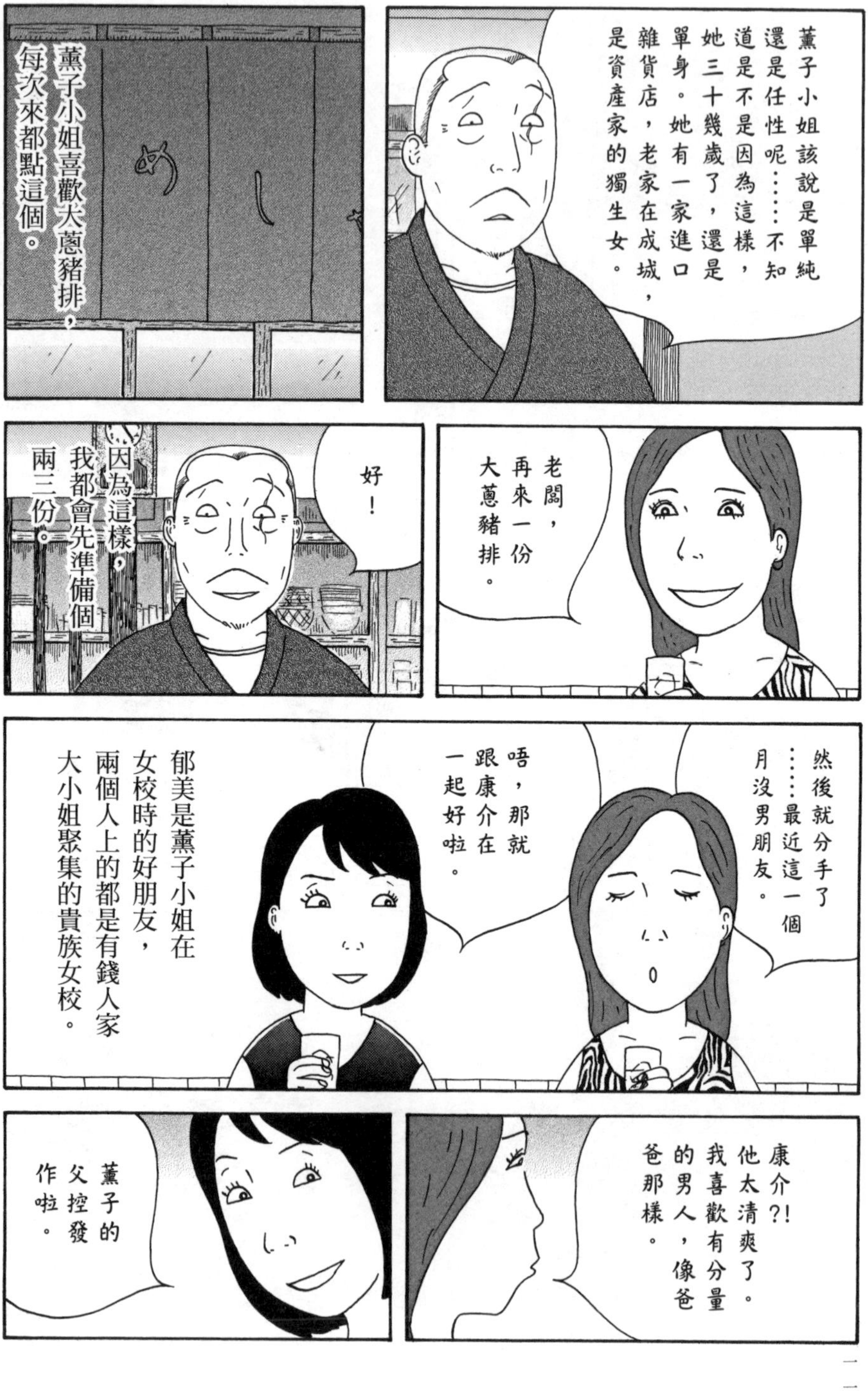

薰子小姐該說是單純還是任性呢……不知道是不是因為這樣，她三十幾歲了，還是單身。她有一家進口雜貨店，老家在成城，是資產家的獨生女。
めし
薰子小姐喜歡大蔥豬排，每次來都點這個。
老闆，再來一份大蔥豬排。
好！
因為這樣，我都會先準備個兩三份。
然後就分手了……最近這一個月沒男朋友。
唔，那就跟康介在一起好啦。
郁美是薰子小姐在女校時的好朋友，兩個人上的都是有錢人家大小姐聚集的貴族女校。
康介?! 他太清爽了。我喜歡有分量的男人，像爸爸那樣。
薰子的父控發作啦。

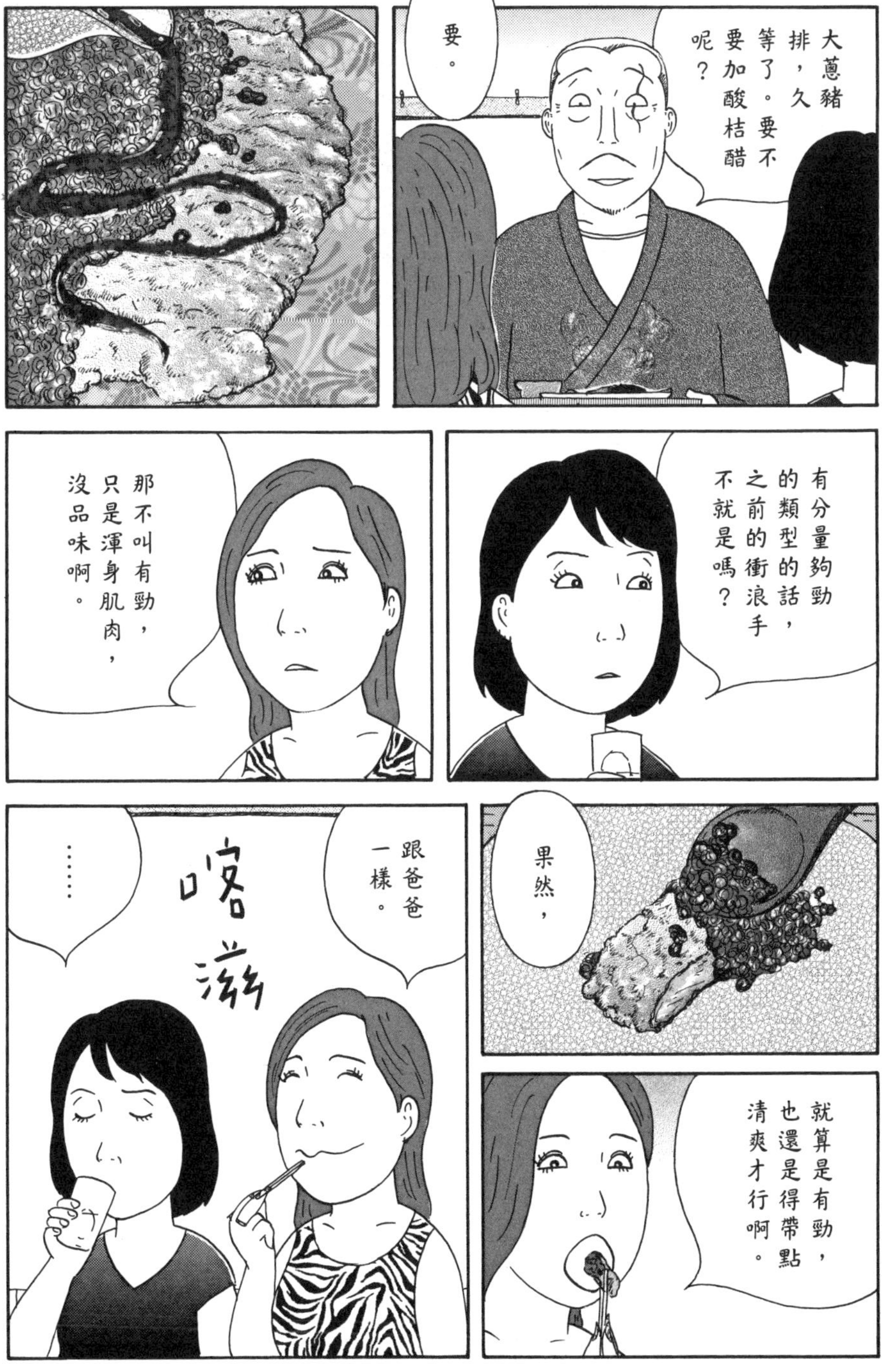
大蔥豬排，久等了。要不要加酸桔醋呢？
要。
有分量夠勁的話，之前的類型的衝浪手不就是嗎？
那不叫有勁，只是渾身肌肉，沒品味啊。
果然，
就算是有勁，也還是得帶點清爽才行啊。
跟爸爸一樣。
喀滋
……

一週後
めし
都到這個地步還放我鴿子，太過分了吧？
是出國旅行喔！哪這麼簡單能找到人代替啦。
沒辦法啊，阿嬤都生病了，郁美說怎麼也沒辦法去峇里島啊。
雖然跟這次無關，以前她在國外的上班族男友回國，她也捨棄友情選了男人啊。
妳們彼此彼此吧。之前跟衝浪手交往的時候，薰子也放過人家鴿子啊。
那次啊……是有這麼回事。
加上酸桔醋的大蔥好好吃喔。

別光吃蔥，也要吃豬排啊。
薰子喜歡豬排不是嗎？我喜歡蔥啊。
這傢伙就是太過清爽的康介吧。
那個，峇里島我去吧。反正妳也找不到別人。
咦，跟康介去?!
是可以啦……但別抱著期待喔，我絕不會跟你做的。
沒關係啊。
反正我有空能跟薰子去峇里島……
他在父親的公司上班，可以自由安排時間。兩個人都是富二代圈子裡的朋友，從以前就是這種坦誠的關係。

十天後
SHEEP
大蔥豬排。
喀啦
歡迎光臨。妳不是去峇里島嗎？
去了，但是住了一夜就回來了。
發生什麼事了嗎？
薰子小姐竟然在峇里島的酒店碰到她爸爸。
爸爸跟一個比我還年輕、曬得很黑，看起來很蠢的女人在一起。我超不爽，就跟那女人大吵一架，離開了酒店。
……那康介呢？
我把他留在酒店裡了。

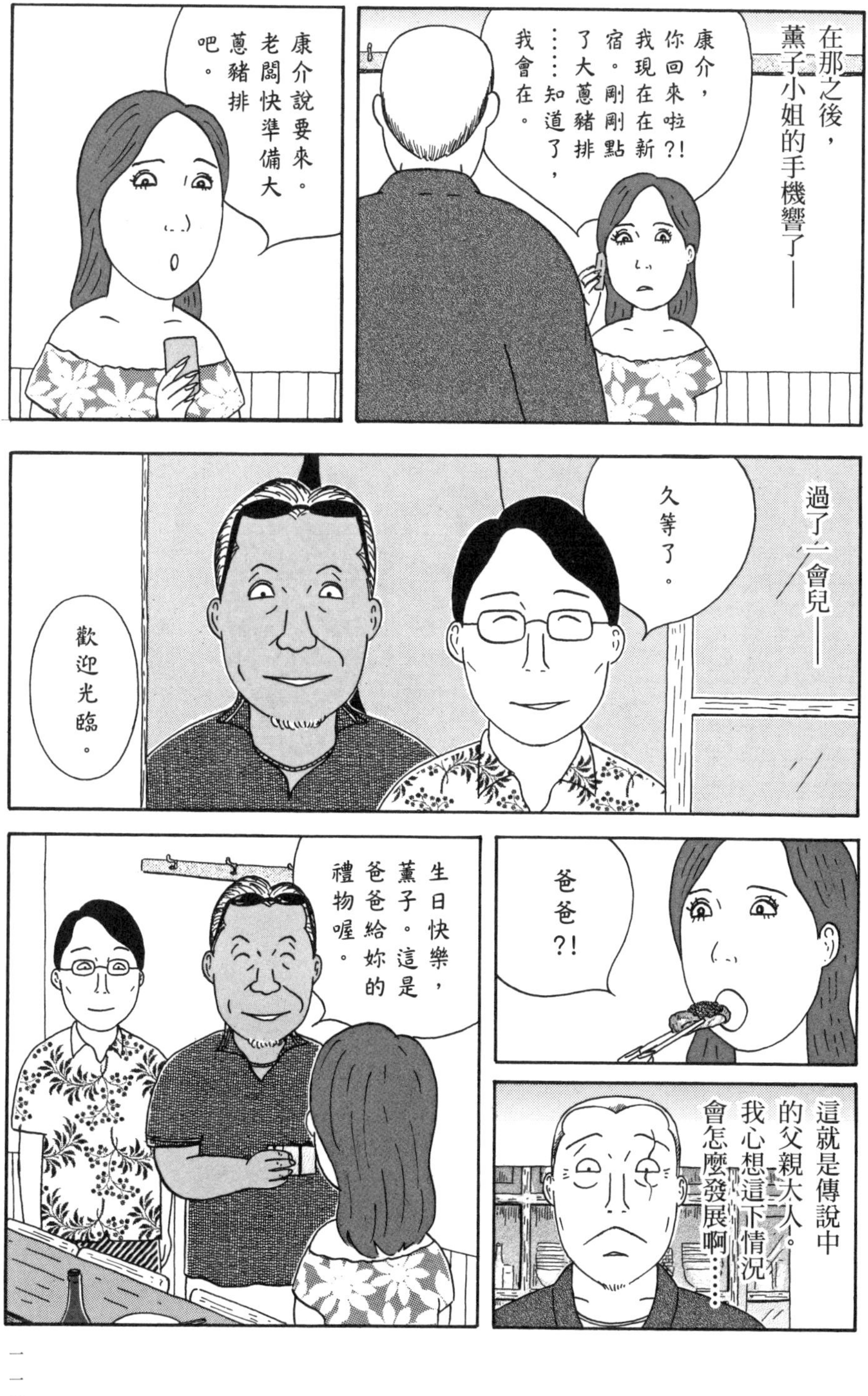
在那之後，薰子小姐的手機響了——
康介，你回來啦?! 我現在在新宿。剛剛點了大蔥豬排……知道了，我會在。
康介說要來。老闆快準備大蔥豬排吧。
過了一會兒——
久等了。
歡迎光臨。
爸爸?!
生日快樂，薰子。這是爸爸給妳的禮物喔。
這就是傳說中的父親大人。我心想這下情況會怎麼發展啊……

薰子想要的卡地亞手錶。
不愧是爸爸，
爸爸！
知道要怎樣討好女兒。
三十三年前薰子出生的時候，爸爸眼淚都沒停過……實在太高興，太高興了。
爸爸。
薰子，生日快樂。
之前那件事……不要告訴媽媽好嗎？
薰子想要新車！可以吧，爸爸!!
這下要大破財啦，爸爸。
爸爸……

第 293 夜◎檸檬沙瓦

檸檬沙瓦，久等了。
老闆會做檸檬沙瓦啊?!
我的營業方針就是店裡有材料能做的話，客人點了我就做啊。
最近很多人點這個，很流行啊，檸檬沙瓦。

呼……
梨花小姐是女演員，最近在當綜藝節目的評論家，常常在電視上看見她。
梨花小姐喝檸檬沙瓦，真稀奇啊。
喀噠
上次回鄉參加中學同學會，大家二十五年不見了。我在續攤的居酒屋喝到檸檬沙瓦，就迷上了。
哎……梨花小姐的家鄉是哪裡啊？
千葉縣外房。我繼父死了，母親也搬來東京，已經二十……三年沒回去了吧。

同學會啊，大家一定都很高興吧。
嗯……那個，我的青梅竹馬坐輪椅了。他從工地鷹架上摔下來。他以前非常跋扈，動不動就打架，威風八面的……
這樣啊。
喀啦
歡迎光臨。
小秋？
我是。
哇，好棒，是本人！
誰啊?!
我男朋友。
妳好，我叫雄二。

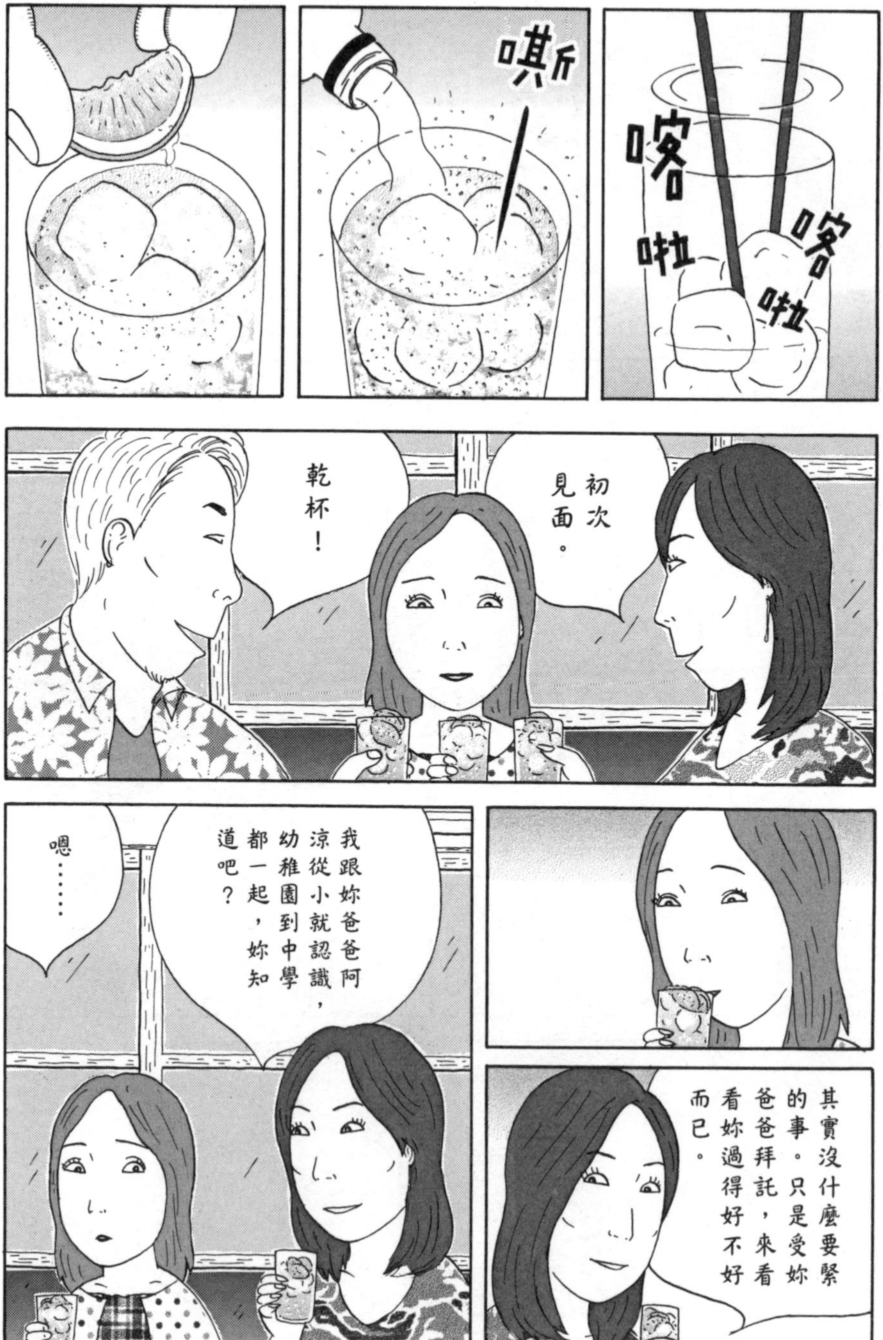
嘶
喀啦
喀啦
乾杯！
初次見面。
我跟妳爸爸阿涼從小就認識，幼稚園到中學都一起，妳知道吧？
嗯……
其實沒什麼要緊的事。只是受妳爸爸拜託，來看看妳過得好不好而已。

妳跟繼母處得不好……離家出走了？電話也不接，妳爸爸很擔心喔。
小秋在陪酒俱樂部上班，
男朋友是酒保。
偶爾打個電話回去吧。我會跟阿涼說妳過得很好，叫他別擔心。
要是有什麼困難，就跟我聯絡。妳知道我的電話吧？
知道。
不用顧慮。我欠阿涼人情的。
這位阿涼好像就是坐著輪椅參加同學會的青梅竹馬。兩人離開的時候，梨花小姐說的那句話可真好。

我給妳一個忠告。培養看男人的眼光。
?!
什麼意思啊！
梨花小姐笑著說自己的男人運也很差。她也是跟繼父合不來，高中退學自己來到東京，到現在，當上女演員努力到現在，也經歷了各種事情。她雖然年紀不大，卻非常成熟穩重。
兩週後──
めし
分明自己是個不良少年，讓爸媽操心流淚的，真有點好笑。
我跟阿涼聯絡，總之他鬆了一口氣。

當爸爸的可能就是這樣吧……那孩子後來有跟妳聯絡嗎？
沒有。沒消息就是好消息，不是嗎？
就在這個時候，梨花小姐的手機響了
♫
哎?! 嗯……我知道了，馬上過去，妳待在那裡。
發生什麼事了嗎？
小秋被男朋友打了，從家裡逃出來——我就說嘛。
一個月後
當然會吵架啊。在男友跟前男友間糾纏不清，還交了新對象……

何況每個都是渣男。
結果她回千葉老家去了嗎？
對，跟所有男人分手，回老家去了。現在好像乖乖待在家裡……
這麼說別人的梨花小姐……
梨花劈腿當小三?!
她承認介入對方婚姻，跟大家道歉，但過去的老帳跟一些有的沒的被炒作起來，她失去了連續劇的角色，閉門思過，停止演藝活動。
三月初，梨花小姐相隔許久跟坐著輪椅的男人一起來到店裡。
這是我的青梅竹馬阿涼。
歡迎光臨。
老闆，兩杯檸檬沙瓦。

我以為這種時候會給妳添麻煩的……
沒事，謝謝你。看見阿涼，我心情就好一點了。
阿涼真是溫柔，那時也是……
那時？
對啊，高二秋天。
我懷孕的時候，阿涼沒有問對方是誰，只默默陪我去醫院。

那個時候我真的嚇了一跳。但是妳來拜託我，我很高興……
阿涼從小就保護我。只有阿涼是站在我這邊的……
我一直都站在妳這邊，現在也是……雖然我成了這樣子，無法保護妳了。
謝謝你……阿涼。
青梅竹馬……真好啊。
這麼說來，有首歌是這麼唱的……
是啊……一輩子的朋友。
青梅竹馬的回憶，是青檸檬的味道……

第294夜◎羊栖菜煮

總是自己來的吉村，今天很稀奇地帶了女生一起來。好像是公司的櫃檯小姐。兩人的酒量似乎都不好，互相斟著半瓶酒慢慢地喝。
今天的小菜是羊栖菜煮。吉村最喜歡這個，我就多盛了一點。
……

吉村真的很喜歡這個啊。
我從小就喜歡的。去阿嬤家吃飯，總有這個……
通常我都外食，放假就去熟食店買很多羊栖菜，加熱單包販賣的白飯，然後一起吃。
吉村先生！我會做羊栖菜煮，我很會做菜的。
沒關係。不好意思……我已經不能再喝了，奈緒妳呢？
哎……
好，我再喝一點。
喀
啦
歡迎光臨。

大家好～
一瓶啤酒，老闆，今天的小菜是什麼？
今天是羊栖菜煮。
羊栖菜啊……
羊栖菜?!我喜歡。請給我一份。
好。
……
?!
呼～

奈緒！醒醒啊，奈緒！
老闆，不好意思，結帳。
……
吉村他們離開之後……
剛才離開的兩個人常來嗎？
嗯，星期三常來。因為每日更換的小菜是羊栖菜，那位先生喜歡羊栖菜。
這樣啊……

是聽子小姐認識的人嗎？
不認識。
這位先生在廣告代理大公司上班，這位小姐是他以前的上司。現在已經獨立，開了一間顧問公司。
一週後
上星期我們離開之前有兩個人進來。他們常常來嗎？
那位男士最近偶爾會來。那位叫做聽子的女士只來過一次。你認識嗎？她也問跟你一樣的話。
她是我前妻……我嚇了一跳，六年沒見了。
咦?!吉村先生離過婚啊……

嗯，我們本來是大學社團的學長學妹。我出社會後，一次在街上偶遇，交往三個月就結婚了……但是只在一起住了大約八個月……
為什麼分手呢？
她好像……不適合婚姻生活……
喀啦
歡迎光臨。
慎二，學會喝酒啦。
只能喝一點。

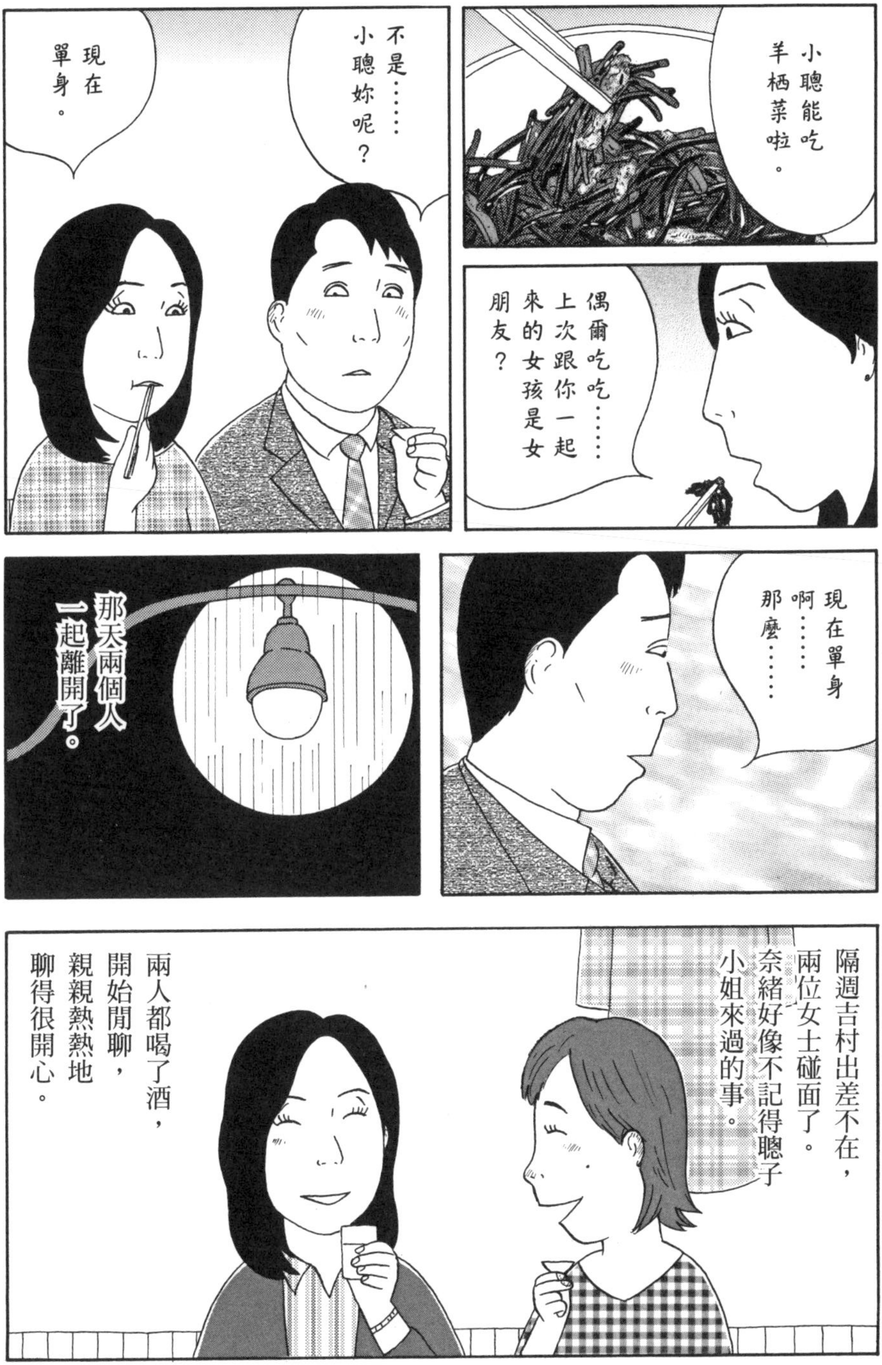
小聰能吃羊栖菜啦。
偶爾吃吃……上次跟你一起來的女孩是女朋友？
不是……小聰妳呢？
現在單身。
現在單身啊……那麼……
那天兩個人一起離開了。
隔週吉村出差不在，兩位女士碰面了。奈緒好像不記得聰子小姐來過的事。
兩人都喝了酒，開始閒聊，親親熱熱地聊得很開心。

真好……聰子小姐這麼漂亮，我是個恐龍……
哪有這種事。奈緒很可愛啊。
我有喜歡的人……但是人家都不看我一眼……聰子小姐不結婚嗎？
我離過兩次婚，覺得夠了……但是我想要小孩。
我想結婚……
那人……喜歡羊栖菜呢。
奈緒做給他吃就好。一次做很多裝在保鮮盒，星期五給他。這樣他星期六、日吃羊栖菜時，就會想起奈緒了吧？
好主意！我試試看。聰子小姐，謝謝妳！

奈緒的羊栖菜作戰似乎成功了，吉村之後幾乎沒來過了。這麼說來，曾經有一次，吉村先生傍晚來店裡說聯絡不上聽子小姐，問她有沒有到這裡來。
第二年秋天，吉村跟奈緒就訂婚了。
不了，奈緒會做給我吃，所以……
恭喜。今天小菜是羊栖菜，要吃嗎？
你們太讓人高興啦。奈緒，恭喜。
說到羊栖菜，去年帶我來的聽子小姐……生了一個女兒呢。在美國的姊姊那生的。
哦？

那個……你說的聽子小姐是藤森聽子小姐嗎？
奈緒怎麼認得她?!
嗯，是啊。
就是聽子小姐教我把做好的羊栖菜放進保鮮盒裡給你的。
咦……
那麼聰明的聽子小姐，竟然當了未婚媽媽，真讓人吃驚啊～
孩子爸爸是誰呢？回推起來，應該是去年這個時候吧……
聽子小姐有說過結婚就不必了，但是她想要小孩。

第 295 夜◎牡蠣錫箔燒

麗美小姐是搖滾樂手。本業是做拆除工程，操縱重型機械。不管哪一方面都是個威力十足的大姊頭。不知道是她很受歡迎，還是喜歡男人，總之身邊男人沒斷過。來店裡也總是跟年輕男人一起。
牡蠣錫箔燒，久等了。
好像很好吃！
淋上店裡做的酸桔醋吃吧。

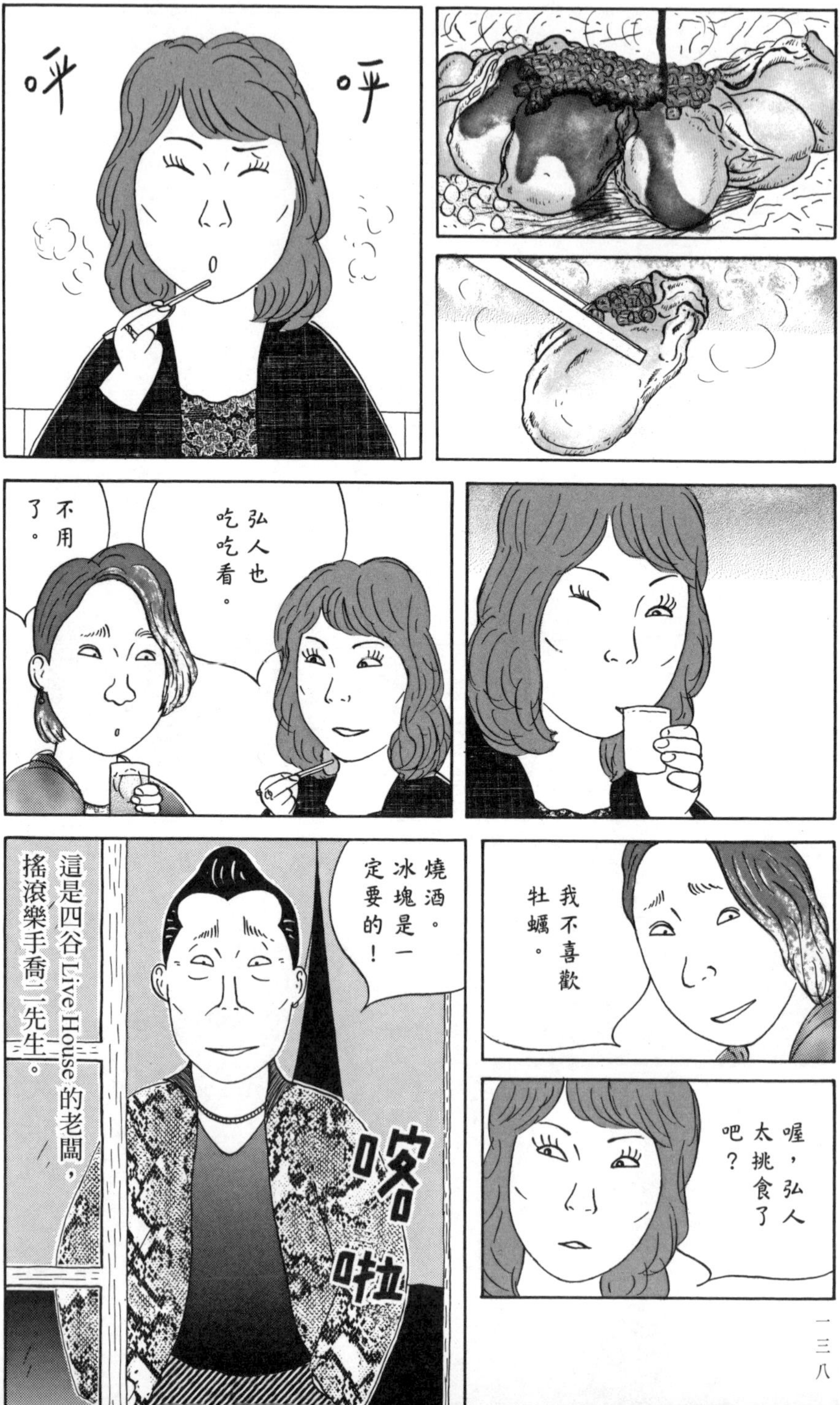
呼
呼
弘人也吃吃看。
不用了。
我不喜歡牡蠣。
喔，弘人太挑食了吧？
燒酒。冰塊是一定要的！
喀啦
這是四谷 Live House 的老闆，搖滾樂手喬二先生。

歡迎光臨。
好久不見，喬二先生！
哎喲，這不是麗美嗎？聲音還是這麼有磁性。京助怎麼啦？
什麼時候的事啊？那種傢伙早在八百年前就分手啦。
這樣啊，不好意思。
燒酒加冰塊，久等了。
這是現在跟我一起表演的吉他手弘人。這位是四谷CRAZY的喬二先生。
我是弘人。
這次的好年輕啊。今年幾歲？

馬上要二十了吧？
將平是誰啊？
二十一。
二十一?!將平幾歲了？
我兒子。
咦？麗美小姐有孩子?!
麗美他們離開後——
她總是在談戀愛啦，每次都立刻跟樂團裡的年輕人搞上，持續最久的就是京助了吧。將平也跟他很親。
哦。

麗美小姐從去年開始常來，但每次帶的男人都不一樣。
一週後——
今天一個人嗎？
我傳Line跟麗美小姐說在這裡等她……
發生什麼事了嗎？
我以為麗美小姐三十左右，結果她跟我媽同年。
我有點嚇到，覺得彆扭，就跟她吵了一架……
這樣啊。
但我還是喜歡麗美小姐……

喀
啦
麗美小姐!!
……
歡迎光臨。
我吃飽了。
喀
嚓

弘人！
你不是有話要跟我說嗎？
我愛妳……麗美……
喀啦
等一下!!
京助，對不起，我還是不能跟你復合。

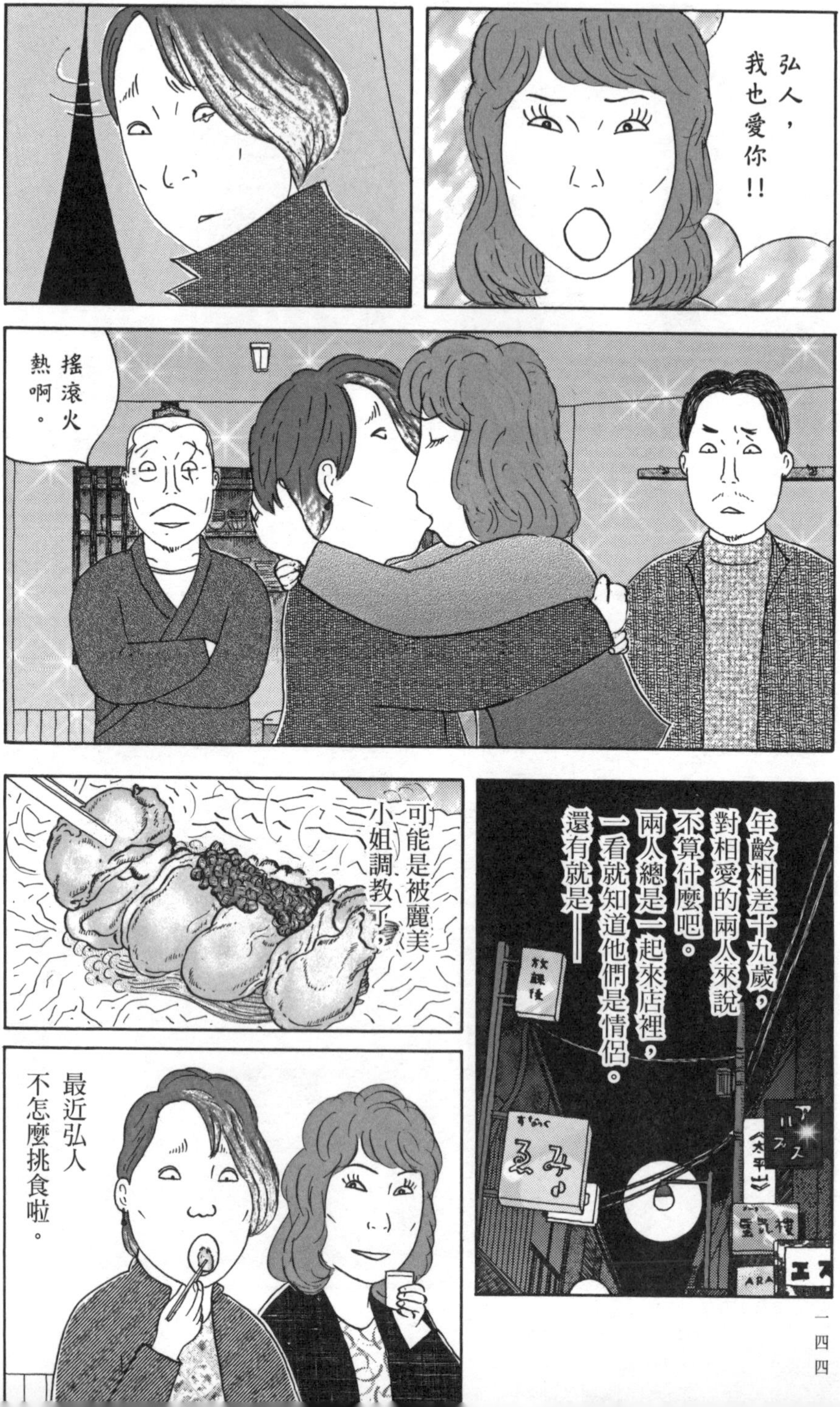

弘人，我也愛你!!
搖滾火熱啊。
年齡相差十九歲，對相愛的兩人來說不算什麼吧。兩人總是一起來店裡，一看就知道他們是情侶。還有就是——
可能是被麗美小姐調教了，
最近弘人不怎麼挑食啦。

你不用擔心將平的事。那個孩子已經習慣了。
嗯……
將平是麗美的兒子，現在是自由工作者……
將平怎麼啦？
昨天晚上突然回家來。他好像有女朋友了，一直在人家那邊……
回來看見我，就默默地走掉了……
你們年齡相近啊……
……
這時當事者打來——
將平?!有什麼事？
兒子在澀谷，但麗美小姐說，有事的話叫他立刻過來。

我要結婚了。
這樣啊⋯⋯可以啊，對方是怎麼樣的人？
是個護士。單親媽媽，有一個孩子。
咦?!幾歲？
三十八。
真的假的?!跟你差十九歲啊!!
這話一出口，麗美小姐就說不下去了。
她也發現了吧。
再反對只是打自己的臉而已。
⋯⋯

清口菜

清口菜◎新階段

平成到今年也要結束了。
是啊，三十一年，好像只是轉眼之間。
時間過得真快，《深夜食堂》都已經二十一集了。
對！雖然這家店沒變，但老闆可是變了喔。
有嗎？
來，荷包蛋。

出自《第4夜 醬油與調味醬》

哼，麻里鈴也不好說別人吧。
鱈魚子五分熟！
出自〈第8夜 鱈魚子〉
我是不是胖了一點啊？
根本是判若兩人吧。畫得這麼隨便沒關係嗎？
對不起，時間久了，畫風就會變呢……

下一集也就是第 22 集
預定在年號改變後的
2019 年秋天發售

我會繼續努力畫的，以後也請多多指教，以寬容的心情看下去吧。
安倍夜郎

深夜食堂

深夜食堂YY0321

深夜食堂21

作者

安倍夜郎（Abe Yaro）

一九六三年二月二日生。曾任廣告導演，二〇〇三年以《山本掏耳店》獲得「小學館新人漫畫大賞」，之後正式在漫畫界出道，成為專職漫畫家。《深夜食堂》在二〇〇六年開始連載，隔年獲得「第五十五回小學館漫畫賞」及「第三十九回漫畫家協會賞大賞」。由於作品氣氛濃郁、風格特殊，四度改編日劇播映。同時於二〇一五年首度改編成電影，二〇一六年再拍電影續集。

譯者

丁世佳

以文字轉換糊口二十餘年，英日文譯作散見各大書店。對日本料理大大有愛；一面翻譯《深夜食堂》一面照做老闆的各種拿手菜。

裝幀設計　黑木香
美術設計　佐藤千惠+Bay Bridge Studio
版面構成　李杰軒
內頁排版　黃雅藍
手寫字體　鹿夏男
責任編輯　王琦柔
行銷企劃　劉容娟、詹修蘋
版權負責　陳柏昌
副總編輯　梁心愉

初版一刷　二〇一九年三月四日
初版四刷　二〇二二年十月四日
定價　新臺幣二四〇元

ThinKingDom 新經典文化
發行人　葉美瑤
出版　新經典圖文傳播有限公司
地址　臺北市中正區重慶南路一段五七號一一樓之四
電話　02-2331-1830　傳真　02-2331-1831
讀者服務信箱　thinkingdomtw@gmail.com
總經銷　高寶書版集團
地址　臺北市內湖區洲子街八八號三樓
電話　02-2799-2788　傳真　02-2799-0909
海外總經銷　時報文化出版企業股份有限公司
地址　桃園市龜山區萬壽路二段三五一號
電話　02-2306-6842　傳真　02-2304-9301

版權所有，不得轉載、複製、翻印，違者必究
裝訂錯誤或破損的書，請寄回新經典文化更換

深夜食堂 / 安倍夜郎作；丁世佳譯. -- 初版. --
臺北市：新經典圖文傳播, 2019.03-
152面；14.8X21公分

ISBN 978-986-97495-2-7（第21冊：平裝）

深夜食堂21

© 2019 ABE Yaro
All rights reserved
Original Japanese edition published in 2019 by Shogakukan Inc.
Traditional Chinese translation rights arranged with Shogakukan Inc.
through Japan Foreign-Rights Centre / Bardon-Chinese Media Agency

Printed in Taiwan
ALL RIGHTS RESERVED.